文春文庫

# 香　君

## 1

## 西から来た少女

上橋菜穂子



文藝春秋

香君　1　西から来た少女

目次

リグダール藩王国
N
W
E
S
マナス大河
帝都
ウマール帝国
タル藩王国
ユイノ平野
オゴダ藩王国
オゴダ山脈
ラパ地方
藩都
ギラム島
オゴダル海域

辰傑国
天炉山脈
大崩渓谷
西カンタル藩王国
藩都
イアマ河
藩都
東
チダ河
長嶺山脈
マザリア王国
大崩渓谷図
アザレ
祈りの岸辺
シダラ栽培地
青香草の泉
アイシャの家
森

## 『香君』主要人物一覧

| | |
|---|---|
| アイシャ＝ケルアーン | 主人公の少女で特殊な嗅覚を持つ。西カンタル藩王の孫 |
| マシュウ＝カシュガ | 藩王国視察官。新カシュガ家の前当主の弟ユーマ＝カシュガを父に持つ |
| オリエ | 香君。リグダール藩王国の小貴族の娘 |
| ラーオ＝カシュガ | 旧カシュガ家の当主。香使たちを束ねる大香使 |
| ミジマ＝オルカシュガ | 香君宮に仕える上級香使。ラーオの次女 |
| イール＝カシュガ | 新カシュガ家の当主で富国ノ大臣 |
| ユギル＝カシュガ | イール＝カシュガの息子 |
| ユーマ＝カシュガ | マシュウの父。マシュウが十七歳のとき行方不明に |
| アミル＝カシュガ | 皇祖と共に神郷オアレマヅラから初代の香君を連れ帰った男。カシュガ家の始祖 |
| ケルアーン王 | アイシャの祖父。西カンタルの藩王だったが、その座を追われた |
| ミルチャ＝ケルアーン | アイシャの弟 |
| ウチャイ | ケルアーン王の忠臣。アイシャ、ミルチャの養い親で、じぃやと呼ばれる |
| タク | ユギノ山荘で暮らすラーオの従兄。妻ライナとの間に双子の息子がいる |
| ウライリ | 藩王国視察官。マシュウの同僚 |
| オロキ＝ムア | マシュウの部下。犬使い |
| チュークチ | 西カンタル藩王国の藩王 |
| オードセン | ウマール帝国の皇太子 |

# 香君　1
## 西から来た少女

# 序章　青い花

風が耳元で唸《うな》り、髪をなぶる。

昼過ぎに降った通り雨がまだ大地を湿らせていて、両手両足を使ってしがみついている岩は氷のように冷たかった。


「……姉上！」

甲高《かんだか》い声が聞こえ、細かい泥《どろ》の欠片《かけら》が降ってきた。

アイシャは咄嗟《とっさ》に岩から片手を放し、夕闇《ゆうやみ》の中にぼんやりと白く見える弟の靴の踵《かかと》を手で押さえて支えた。

支えたとたん身体が傾《かたむ》き、岩を摑《つか》んでいるもう一方の手が外《はず》れそうになった。必死に岩を摑み直し、身体の傾きをかろうじて止めて、息を吐《は》いたとたん、膝《ひざ》がふるえはじめた。

落ちたら命はない。

アイシャは歯を食いしばり、弟が、岩を穿《うが》って作られている窪《くぼ》みに、しっかり足を乗せて身体を安定させるまで、懸命《けんめい》に支え続けた。

弟の身体が安定しても、アイシャは、しばらく、そのままの恰好《かっこう》で動けなかった。

荒く息をつきながら、アイシャは眩暈《めまい》が収まるのを待った。

この岩の崖道《がけみち》を登りきれたとしても、多分未来はない。それは少し前からわかっていた。岩山の上から、むっとするほどに強く、革と金属と汗の匂《にお》いが漂《ただよ》って来ているからだ。

この崖道を知る者は少ないと聞かされていたのに、戦士たちが待ち伏せているということは、おとりになって敵の目を逸《そ》らし、自分たちを逃がしてくれた老臣《ろうしん》ウチャイが、あっという間に捕まってしまったことを意味していた。

じぃやが白状したとは思えなかったが、戦士たちは、現にこうして、アイシャたちがどこへ向かって逃げているのか察して、先回りをしている。

(この手を放そうか)

目の前にぼんやりと、泥に汚れた弟の靴が見えている。その靴を買ってもらったときの弟の笑顔を思い出し、アイシャは顔を歪《ゆが》めた。

ふいに、辺りが明るくなった。

風に流されて雲が切れたのだ。山の陰《かげ》に消えゆく寸前の夕陽《ゆうひ》が、いくつもの筋になって岩山を照らしだした。

その思いがけぬ明るい光で、摑んでいる岩のすぐ上の割れ目に根をはっている草が、小さな青い花を咲かせているのが見えた。風になぶられ、花は千切れそうに揺《ゆ》れているが、千切れはしなかった。

花の香りの声が聞こえてきた。か細いが、しっかりとした香りが、糸のように風に乗って漂って来る。やがて、この香りの声を聞いた虫が、風の合間を縫《ぬ》って飛んで来るのだろう。

「……姉上」

また声がふってきた。冷たい風に乗って、すくんだ仔犬《こいぬ》のような、怯《おび》えの匂いが漂ってくる。

「しっかりしなさい、ミルチャ！」

アイシャは声を張った。

「岩をしっかり摑んで、登るの！　落ちそうになったら支えてあげるから！」

あと少しで、岩山の上に出る。

弟が登り始めたのを頭上の気配で感じながら、アイシャもゆっくりと登り始めた。

# 第一章　出会い

## 一、リタラン

さっきまで見えなかった篝火《かがりび》の色が、いつの間にか青い闇にくっきりと映《は》えている。

天幕をばたばたと鳴らしていた風も幾分《いくぶん》か和《やわ》らいでいた。

野営地《やえいち》に張られた無数の天幕からは、白い煙《けむり》が揺れながら立ち上り、夕空に溶けていく。夕餉《ゆうげ》の煮炊きの匂いが、かすかに漂ってきた。

「雑兵《ぞうひょう》どもの方が、早く飯が食えるな」

精悍《せいかん》な顔つきの男たちとともに、折り畳み式の椅子《いす》にどっかと腰《こし》を下ろしている髭面《ひげづら》の男が、低い声でぼやいた。

マシュウは、髭面の同僚、ウライリを見おろし、ふっと笑った。

「お前はつきあわんでもいいぞ。聴視はおれひとりでも充分だろう」

ウライリは何か軽口を言いかけて、やめ、視線を草原に向けて、つぶやいた。

「……できることなら、そうしたいくらいだぜ」

夕闇に沈む天炉《てんろ》山脈の威容《いよう》、その麓《ふもと》に広がる草原を、こちらを目指して進んでくる十数騎の騎馬《きば》が掲《かか》げる松明《たいまつ》の灯《あか》りが、ちらちらと見えている。

「オロキ」

ウライリは首をねじるようにして、後ろに控《ひか》えている男をふりかえった。男の足元にいる猟犬が、自分が呼ばれたかのように顔を上げた。オロキは犬の頭に手をおいて、

「はい」

と、言った。

「嫡子《ちゃくし》は八つかそこらで、姉娘もまだ十五か十六だと言ったな？」

「嫡子は九歳、姉娘は十五歳です」

ウライリはうなずき、ため息をついた。

「わざわざ捕らえんで、放っておけばいいものを」

ウライリはマシュウを見上げ、言葉を継《つ》いだ。

「そう思わんか？　なんらかの勢力が担《かつ》ごうとしている、とでもいうならともかく、民に憎《にく》まれて王座を追われた王の末裔《まつえい》なんぞ、なんの力もあるまいに。

実際、そう思っていたから、これまでも放っておかれたのだろうに、なんで今更《いまさら》、しかも戦《いくさ》の最中に、ギユークチは、こんなことをする気になったんだ？」

マシュウはその問いかけには答えず、騎馬たちに視線を据《す》えたまま、つぶやいた。

「やはり、あちらから来たな」

ウライリは眉《まゆ》をひそめた。

「何が？」

「騎馬たちが、だ。捕獲した兵たちがあちらから帰ってきたということは、末裔らは天炉山脈の〈大崩渓谷《トオウラ・イラ》〉に逃げこもうとしていたわけだ」

「……」

ウライリは立ち上がって、マシュウに並んだ。

「やはり、と言ったな。――おまえは、それを察していたわけか」

マシュウはちらっとウライリを見た。

「逃げるなら、そこしかないからな」

「そんなことはなかろうよ？　末裔たちは森林地帯に潜《ひそ》んで暮らしていたんだろう？　危険な山道を登るより、森林地帯を東に逃げた方が楽だ」

「危険を冒《おか》しても、天炉に逃げた方が生き延《の》びられると思ったんだろう」

「なぜ？」

「おまえはさっき、ケルアーンを民に憎まれた王と言ったが、天炉には、あの王を憎んでいない者たちがいるからだ」

ウライリは厳《きび》しい表情になった。

「……おれは、そんな話、知らなかったぞ。天炉の山地民か？　どの山地民だ？」

マシュウは、もうしっかりと姿が見えて来た騎馬武者《むしゃ》たちをじっと見つめた。

「知らなかったのは、おまえだけじゃない。むしろ、知っている者の方が少ないだろう」

ウライリは目を細めた。

「おまえは、いつ知ったんだ」

マシュウはウライリを見て、静かに答えた。

「おれか。おれは、子どもの頃から知っていた」

藩王《はんおう》ギューークチが執務《しつむ》に使っている大天幕から、藩王の側近のひとりが出てきた。夕闇を透《す》かすようにして辺りを見回し、マシュウたちに気づくと、足早に近づいてきた。

「視察官さま」

きっちりと胸の前に腕を交叉させて深く頭を下げてから、側近は言った。

「ギューークチさまのお言葉をお伝え致します。――虜《とりこ》がそろそろ到着するので天幕にお入りいただきたい――以上でございます」

マシュウはうなずき、短く答えた。

「承《うけたまわ》った」

側近はもう一度深く頭を下げてから、ふたりを大天幕へと導《みちび》いた。

藩王国視察官は、四つの藩王国を支配下に置くウマール帝国皇帝の目であり、耳である。

藩王国の「藩」は、ウマールの言葉で「敷地を区切り、囲い守るもの」を意味する「藩《ラチ》」を語源としている。

藩王国は、かつては、それぞれ独立した国であり、ウマール帝国の支配下に入ったいまも一定の自治を認められている。藩王は、帝国の版図《はんと》の境《さかい》（藩）を守護する責務を負う代わりに、かつて自分が支配していた国に対して、一定の支配権を与えられているが、独立した国の王ではない。西カンタル藩王国の藩王に過ぎぬヂュークチは、マシュウたちに対しては、何事も隠すことを許されていなかった。

マシュウとウライリは護衛《ごえい》の武人たちを残し、青い闇を、そこだけくっきりと切り取ったように明るい大天幕の入口へ、ゆっくりと歩いて行った。

＊

大天幕の中は、外から見た印象よりも広々としている。

煙出しの天窓は大きく開けられ、中央の炉は赤々と炎《ほのお》の色を見せていた。灯りがあちこちに置かれていて、壁際《かべぎわ》に座っている重臣たちや氏族長たちの表情を、ある程度見ることができる。

大天幕の入口に面した正面奥には、朱《あか》と青と金で美しく彩色《さいしょく》された祭壇《さいだん》が置かれていた。藩王ヂュークチはその祭壇を背にし、大きな椅子に座って、傍《かたわ》らの側近と何か小声で話していたが、マシュウたちが入っていくと、椅子から立ち上がって会釈《えしゃく》し、そばの椅子に座るよう手で示した。

外は風が冷たかったが、大天幕の中は蒸し暑かった。各自の前に置かれている小卓《しょうたく》には、喉《のど》を潤《うるお》すための果汁や、小腹を満たす木の実、干し果物などが並べられている。

マシュウたちが席に着いてほどなく、虜の到着を告げる鐘《かね》の音が聞こえてきた。ざわめきが止み、大天幕の中が静かになった。

ヂュークチは再び椅子に座り、側近から布を受け取ると額《ひたい》と頸筋《くびすじ》の汗をぬぐった。大柄《おおがら》な男だが、ゆるんだ感じはなく、肌《はだ》は日に焼けて黒い。身体のつくりのすべてが大きい男で、手足も大きいが、目立つのは眉と目だった。ぎょろりと大きなその目で見つめられると、誰もが落ち着かぬ心地になる。

どこかで王家の血筋と関わっているらしい、というくらいの傍系《ぼうけい》の出ながら、独特の戦の勘《かん》をもつ男で、有事《ゆうじ》には帝国の防壁《ぼうへき》として戦うことを条件に皇帝から兵を借り、ケルアーン王が追われた後、王位に就《つ》きながら、氏族同士の小競《こぜ》り合いを治めきれなかった前王を倒して、この西カンタル藩王国の藩王となった。

まだ、ひとつの氏族がチュークチを認めておらず、西カンタル全体を掌握《しょうあく》したとは言えないが、現状のまま事態が推移《すいい》すれば、ほどなく平定するだろうとマシュウは見ていた。

チュークチが速《すみ》やかに西カンタルを平定することを皇帝は望んでいるし、マシュウもまた、そうなるよう願っていた。

戸布《とぬの》が両側から大きく引き上げられたとたん、冷たい夜風が吹きこんできた。その夜風を纏《まと》って、ふたりの屈強《くつきよう》な戦士が、それぞれ、男児と、ほっそりとした娘を連れて入ってきた。

ふたりとも縄はうたれていなかったが、利《き》き腕を戦士たちに摑まれている。戦士のひとりが片腕を胸につけ、張りのある声で言った。

「ご下命に従い、ケルアーンの末裔を連れて参りました」

チュークチはうなずき、戦士たちに労《ねぎら》いの言葉をかけると、下がってよい、という仕草をした。

戦士たちは、しかし、ためらう表情になった。

「どうした。下がってよいぞ」

チュークチが声をかけると、戦士のひとりが口を開いた。

「おそれながら申し上げます。姉娘の方は恭順《きようじゆん》の意を示しておらず、手を放すと、何をするかわかりません」

それを聞くや、ヂュークチは太い眉を上げた。

「そうか。まあ、気をつけておこう。手を放せ」

戦士たちは一礼すると、それぞれ手を放し、一歩下がったが、いつでも取り押さえられるよう油断なく娘を見つめていた。

娘は、しかし、動かなかった。眉ひとつ、動かさなかった。石のように黒く動かぬ目で、ただ真《ま》っ直《す》ぐにヂュークチを見つめている。

ヂュークチはその目を見つめ返し、

「ケルアーンの孫、ミルチャとアイシャだな」

と、言った。

娘が口を開いた。

「王位簒奪《さんだつ》者に名乗る名はありません」

掠《かす》れているが、しっかりとした声だった。

ヂュークチはため息をついた。

「なるほど、恭順の意を示してはおらんな」

ゆっくりと立ち上がり、姉弟を見下ろすと、傍らの剣《つるぎ》置きから長剣を取り上げるや、その鞘尻《さやじり》で床板を激しく打った。

重臣たちが、はっと顔をひき、姉弟も、びくっとした。弟の方は顔を歪ませ、すすり泣きはじめた。

「弟が泣いておるぞ」

娘を見据えて、ヂュークチが言った。

「状況と立場を弁《わきま》えて口をきけ。おまえの態度ひとつで弟の首が目の前で飛ぶのだからな」

娘は青ざめた顔でヂュークチを見上げていたが、やがて、か細い声で言った。

「……それは、嘘《うそ》です」

ヂュークチは太い眉を上げた。

「嘘？」

娘はうなずいた。

「私の態度などで決まるものなのですか？　私たちの命の行方《ゆくえ》が」

ヂュークチの目がわずかに大きくなった。

じっと姉娘を見つめていたが、やがて、少し唇《くちびる》の端《はし》を歪めた。

「おまえの態度でないなら、何がおまえたちの命運を決める？」

少し考えるか、と思ったが、娘は即答《そくとう》した。

「あなたの損得《そんとく》」

重臣たちが、かすかに身じろぎをした。

マシュウは娘からヂュークチへと視線を移した。

（さて、なんと答える）


ヂュークチは長く黙ったまま、娘を見つめていたが、やがて、ため息をついた。

「おれの損得か。……まあ、外れてはおらんな」

そして、椅子にどっかりと腰を下ろした。

小卓から金飾りがついた角椀《つのわん》を持ち上げ、喉を鳴らして乳酒《にゅうしゅ》を飲み干すと、側近が差し出した布で口元を拭《ぬぐ》い、ついでに顔と頸筋の汗をぬぐった。

それから、再び姉娘に顔を向けた。

「外れてはおらんが、正しくもない。おまえたちの存在は、おれの損というより、帝国全体の損なのだ」

弟が問いかけるように姉を見上げた。姉の方は弟を見ず、ただ、じっとヂュークチを見つめていた。

「おまえたちは天炉山脈へ逃げ込もうとしていたな。正確に言うなら、大崩渓谷《トオウラ・イラ》に」

姉娘の表情を見て、ヂュークチは付け加えた。

「間違えるなよ。あの老いぼれが白状したわけではない。あいつは見上げた忠義者だ。老いの身とは思えぬ抵抗ぶりを示したし、あいつが囮《おとり》になる可能性は察していたゆえ、最初から兵士は二手に分けていたのだ」

娘の顔がこわばった。それを見ながらヂュークチは言った。

「おまえたちが逃げ込む可能性がある場所を教えてくださったのは、ウマール帝国の視察官さまだ」

ウライリが身じろぎをした。こちらを見るようなまねはしなかったが、ウライリの驚きが、その全身から感じられた。

マシュウは表情を変えず、ただ、ヂュークチと、うら若い娘を見つめていた。

ヂュークチは淡々《たんたん》とした口調で言った。

「おまえたちの存在は、西カンタルだけでなく帝国のためにもならん、というわけだ。なぜだか、わかっているか？」

娘の顔が白くなっていた。もはや、どこにも道はないことを悟《さと》ったのだろう。

ヂュークチの声だけが、大天幕の中に響いていた。

「おまえたちの祖父ケルアーンは愚《おろ》かな男だった。あの男のせいで、多くの民が飢《う》えて命を落とした。この国の大半の者たちは心底ケルアーンを憎んでいる。おれもそのひとりだ」

娘の瞳が揺れた。蒼白《そうはく》の顔が、いよいよ白くなった。

ヂュークチは角椀に乳酒を注《そそ》がせ、また喉を鳴らして飲み干した。

「だが、この辺境には、おまえたちを敬う連中がまだ残っているそうだな。〈幽谷ノ民《マキシ》〉と呼ばれている連中だ。さして数もおらん辺境の山岳民だし、この国の覇権《はけん》に野心があるわけでもないから、これまで放置しておいたが、いまは、奴《やつ》らの存在はやっかいなのだ。――支配している場所がまずい」

マシュウは、傍らでウライリが、そういうことか、と呟《つぶや》くのを聞いた。

今回の遠征で制圧する予定の氏族は、天炉山脈西域の麓を支配しているが、山中にはその支配権は及んでいない。

彼らには、ヂュークチ率いる遠征軍を相手に長く勢力を保てるほどの力はないが、唯《ゆい》一《いっ》、天炉山脈の向こうに広がる辰傑国《たつけっこく》の助力を得られれば、形勢を逆転できる可能性が残されていた。

西カンタルの北側から西側を囲うように連なる天炉山脈の山々は険《けわ》しく、辰傑国側から大軍が侵攻出来る場所は限られており、そのような所には砦《とりで》が築かれ、帝国軍と西カンタル軍が共同で守っている。

天炉山脈西域にある大崩渓谷《トオウラ・イラ》にも、山越えに慣れた戦士の少人数の部隊であれば、辰傑国側から越えて来られる山道があるが、そこには砦はない。

大崩渓谷《トオウラ・イラ》の辺りは、地面の下に思わぬ空洞《くうどう》がある場所が多く、踏み抜けば命にかかわる。案内なしに山道を辿《たど》ることは出来ない。

大崩渓谷《トオウラ・イラ》とその一帯を支配している山地民〈幽谷ノ民《マキシ》〉が味方しない限り、辰傑国の戦士が西カンタル側に降りて来ることは出来ず、また、大軍を投入出来なければ、大崩渓谷《トオウラ・イラ》を掌《てのひら》のように知る〈幽谷ノ民《マキシ》〉を支配下に置くことは不可能なので、これまで西カンタルの藩王も、帝国も、この地域は、さして重要視して来なかったのだ。

だが、〈幽谷ノ民《マキシ》〉がケルアーンの末裔を、いまだに正統な王の子孫と考えているのであれば、敵対している氏族がこの二人を担ぐことで状況が大きく変わる可能性があった。

大天幕の壁際に座っている氏族長たちの中にも、現在起きていることの意味がようやくわかった、という表情を浮かべた者たちがいた。

藩王国南部や東部から今回の遠征に従って来た氏族長たちは、天炉山脈西域あたりの事情には疎《うと》い。恭順の意を示して間もない彼らが余計なことを考えぬように、チュークチは敢《あ》えて詳細《しょうさい》を伝えていなかったのだろう。

「おまえたちは、いわば、土手に空いている蟻《あり》の巣穴《すあな》だ。普段なら放っておいても問題ないが、嵐が来れば、そこから土手が崩れ、国に災《わざわ》いが広がる。

おれは薄情な男ではないから、あの男の孫というだけで、おまえたちを殺すのは忍びないと思う気持ちはある。しかし、仕方がないのだ。

おれの手元に囲っておくという手もあるが、それは些《いささ》か危《あや》うさが残る手だからな」

そう言うと、ヂュークチは急に疲れた顔になった。

「というわけだ。――恨《うら》むなら、血筋と運命を恨め」

ヂュークチが顎《あご》をしゃくると、先程の戦士たちが進み出て、姉弟の腕をつかもうとした。

弟の方は怯えて、すがるように姉に手を伸ばした。弟の手をしっかりと握《にぎ》ってやってから、姉娘はヂュークチを見上げた。

その蒼白な顔には、なにか、ためらうような色が浮かんでいた。娘の唇が開きかけ、思い直したように、また結ばれた。

ヂュークチは怪訝《けげん》そうに眉をひそめた。

「なにか言いたいことがあるのか」

姉娘はしばらく考えていたが、やがて、心を決めたように言った。

「あなたは、毒を盛られています」

ギュークチはぎゅっと眉根を寄せて姉娘を見つめ、また布で顔と頸筋の汗を拭った。汗はしかし、布で拭ったくらいではおさまらず、傍目《はため》から見ても異様なほどの勢いで彼の肌を濡《ぬ》らしていた。

「なんだと？」

姉娘は、感情を読み取れぬ目でギュークチを見つめていた。

「あなたから冥草《チッチヨ》の匂いがする。――あなたは誰かに毒を盛られたんです」

重臣たちがざわめき、腰を浮かす者もいた。

ギュークチは目に入ってくる汗を拭いながら、不敵な笑みを浮かべた。

「最期の毒口《どくぐち》か。見上げた肝《きも》の太さだが、つくなら、もっと真実味のある嘘をつけ」

「嘘などついていません」

「嘘に決まっているだろうが。冥草《チッチヨ》の根を煮出した毒には、味も匂いもない」

娘は、ああ、という顔になった。

「……では、そう思っておられれば良いでしょう」

娘はため息をつき、弟の肩を抱くと、ギュークチに背を向けた。戦士が慌ててその腕をつかみ、大天幕の出入口へ連行し始めた。

マシュウは、さっと立ち上がるや、彼らに声をかけた。

「待て」

姉弟が立ち止まって、こちらを見た。ヂュークチも、重臣たちもみな、何事か、という顔でこちらを見ている。

マシュウは娘に問うた。

「アイシャ＝ケルアーン殿。──私からは、なにか匂うか」

姉娘は、じっとこちらを見つめた。黒曜石《こくようせき》を思わせる黒い瞳だった。

何も答えぬか、と思ったとき、かすかに眉をひそめて、娘は口を開いた。

「……あなたは、リタラン？」

マシュウは目を見開いた。眉間《みけん》から頭全体に冷たいものが広がり、心ノ臓が苦しいほど速く脈打ち始めた。

唇が痺《しび》れていた。その唇を開き、マシュウは掠れた声で問うた。

「なぜ、そう思う？」

姉娘は眉をひそめたまま、言った。

「青香草《せいこうそう》の香りがするから」

マシュウは、茫然《ぼうぜん》と娘を見ていた。

「……おい、どうした」

ウライリの問いかけには答えず、マシュウは大股《おおまた》でヂュークチのもとへ向かった。

間近で見ると、ヂュークチの様子が尋常《じんじょう》でないことは一目瞭然《いちもくりょうぜん》だった。目の焦点《しょうてん》が定まっていない。

マシュウは側近に顔を向けた。

「医術師にカフルを持って来るように言うのだ！　間違えるなよ、カフルだぞ！　それから水も大量に持って来い！　急げ！」

そして、姉弟を捕まえている戦士たちにも声をかけた。

「ふたりを連れて行って、しっかりと監禁《かんきん》せよ！」

粉袋が床に落ちたような、鈍《にぶ》い音がした。ふり向くと、ヂュークチが椅子から滑《すべ》り落ちて床に倒れていた。

重臣たちが立ち上がり、口々に何か言い合う混乱の中で、マシュウはウライリに駆《か》け寄り、他の者に聞こえぬよう声をひそめて、早口に言った。

「あの姉弟についていてくれ。護衛士たちも連れて行け。誰にも手を触《ふ》れさせるな。毒殺されぬよう食事や虫除けの煙などにも気を配れ。それから、後でオロキをおれの元へ寄越せ」

ウライリは無言でうなずき、姉弟の方へ向かった。そして、戦士たちとともに姉弟に付き添って大天幕を出ていった。

## 二、香りのない毒

ギュークチの容態が峠《とうげ》を越したのは翌日の明け方だった。

その長い夜の間、重臣たちが入れ替わり立ち替わり天幕を訪れたが、マシュウは入口から中を見せるにとどめ、彼らが中に立ち入ることを許さなかった。

憤《いきどお》りの色を見せる者もいたが、誰が毒を盛ったかわからない以上、マシュウの措置《そち》は道理にかなっていたので、無理に入ろうとするような者はいなかった。

唯一、天幕に入ることを許したのは部下のオロキのみで、マシュウは彼に細かく指示を与え、影のように彼につき従っている犬と共に、宿営地に送りだした。

医術師と共に藩王の枕元に座って一夜を明かしたマシュウは、藩王の容態が落ち着いたのを見届けてから、同じ天幕の隅《すみ》に寝床を敷《し》いて、うとうとと眠った。

目覚めたのは昼少し前で、藩王は以前と変わらぬ深く静かな寝息をたてていた。

立ち上がって天幕の外に出ると、マシュウは大きく息を吸った。

雨に濡れた草の匂いがした。そういえば、驟雨《しゅうう》が天幕を打つ音を夢の中で聞いたような気がする。この時季、この辺りでは、こういう雨がよく降る。

天は雲に覆《おお》われて鈍い色をしていたが、風が強く、重い雲がぐんぐんと流されて切れるたびに陽の光が射《さ》して、天炉山脈を思いがけぬ明るさで照らしだした。

昼餉《ひるげ》の支度《したく》が始まっているのだろう、煙の匂いに、米粉の薄焼き《タパ》が焼ける香ばしい匂いが混じっている。

草を踏む足音に気づいてふり返ると、オロキが犬と共に近づいて来るのが見えた。

「どうだった」

尋《たず》ねると、オロキは低い声で、

「ご推察《すいさつ》の通りでした」

と、答えた。

「あったか」

「ございました」

詳細な報告を聞いて、マシュウは微笑《ほほえ》んだ。

「ご苦労だったな。少し休め」

オロキは一礼すると、踵を鳴らして、くるっとマシュウに背を向けた。マシュウはその後ろ姿に声をかけた。

「相棒にも旨《うま》い飯を食わしてやれ」

オロキはふり向き、かすかに頰《ほお》をゆるめて、うなずいた。自分のことを言われたとわかっているのだろう、犬はゆるく尾をふっている。

ひとつ大きく息を吸うと、マシュウは彼らに背を向けた。

（……さて）

マシュウは胸の中でつぶやいた。

（ここからがまた、ひと仕事だ）

明るい外から天幕に入ると、つかのま、目がくらんだ。

薄暗さに慣れてくると、炉のそばに敷かれた夜具に横たわっているヂュークチと、その傍らに付き添う医術師の姿が見えてきた。煙の匂いに薬湯《やくとう》の匂いが混じって漂ってくる。

ヂュークチの枕元に近づくと、その物音で目が覚めたのか、ヂュークチがうっすらと目を開けた。そして、水を求める仕草をした。

医術師がヂュークチの頭を起こして支え、水を入れた器を唇に当てると、ヂュークチは音を立てて水をすすった。

彼が、むせることなく水を飲むのを見て、医術師の顔がほっと緩《ゆる》んだ。

喉に絡《から》んでいる痰《たん》を切ろうとするように、二、三度咳《せき》をしてから、ヂュークチは顔を上げて、マシュウを見つめた。目に力が戻って来ていた。

「……おれに盛られたのは」

掠れた声で、ヂュークチは言った。

「本当に、冥草《チッチヨ》か」

マシュウが医術師に目を向けると、壮年《そうねん》の医術師が口を開いた。

「確証はございませんが、そのように思われます。御身《おんみ》に現れた症状は冥草《チッチョ》に当たったときの症状と極めて似ておりますゆえ。冥草《チッチョ》に当たったときの解毒《げどく》の薬湯も著効《ちょこう》致しました」

チュークチはむっつりとした顔で言った。

「だが、冥草《チッチョ》には匂いも味もないはずだろう」

医術師はうなずいた。

「ございません」

チュークチはマシュウに視線を戻した。

「ならば、なぜ、あの娘はおれから冥草《チッチョ》が匂うと言ったのだろうな」

こう尋ねられたとき、どう答えるか——昨夜、寝ずの番をしていた間ずっと、マシュウは考え続けていたが、頭に浮かんだどの答えにも、ためらう感覚が残った。

しかし、いざ、実際に問われてみると、頭にある答えを口にすることに、ためらいは覚えなかった。

マシュウは医術師に視線を向けた。

「チュークチ殿の容態は落ち着いているように見えるが、しばらく、そなたがいなくても大丈夫か？」

医術師は膝立ちでヂュークチに近づき、脈をとると、うなずいた。

「しばらくであれば、私がいなくとも大丈夫と存じます」

「ならば、少し休みたまえ。ヂュークチ殿の様子に変わったことがあったら、すぐに知らせるゆえ」

医術師は一礼して、天幕から出て行った。

彼の足音が聞こえなくなるまで待ってから、マシュウはヂュークチに向きなおった。

「先程、問われたことへの答えだが」

「……」

「あの娘には実際に冥草《チッチヨ》の匂いが感じられたのではなかろうかな。あの娘は人より鼻が利くのだろう」

ヂュークチの大きな目に、きつい光が宿った。

「人払いまでしておいて、なぜ、そのような戯言《ざれごと》を申される。私が聞きたかったのは、あの娘が、なぜ、余計な一言を言ったか、ということだ。娘は、私が毒を盛られたことを知っていた。つまり、毒を盛った者と繋《つな》がっている……」

マシュウは、ゆっくりと首を横にふった。ヂュークチは苛立《いらだ》たし気に顔をしかめた。

「違う、と申されるか？　どこが違う？」

「あの娘は、毒を盛った者と繋がってはいない」

「なぜ、そう言い切れる?」

「あなたが疑問に思っておられるように、毒を盛られていることをあなたに教えたからだ」

「……」

「まさに余計な一言だ、あれは。毒を盛った側にいて、あなたが死ねば自分も弟も助かると思っていたら、絶対に口にしない一言だ」

マシュウは小さくため息をついた。

「気丈《きじょう》に振舞《ふるま》ってはいたが、まだ十五。自分が気づいたことを黙っていたら、人が死ぬ、と思ったとき、つい、言ってしまったのだろう」

「自分を殺そうとしている者だぞ」

「それでも、人を見殺しにすることが出来ぬ者も、いるものだ」

「しかし、冥草《チッチョ》は……」

言いかけたデュークチを遮《さえぎ》るように、マシュウは言った。

「あなたは冥草《チッチョ》が無味無臭だということに気をとられているが、毒を盛られた兆候《ちょうこう》というのは様々なところに現れるものだ。あなたの発汗の多さは私も気になっていた。正面から見ていたあの娘には、はっきりと見てとれただろう」

「……」

「王は常に謀殺《ぼうさつ》の危険に晒《さら》されているゆえ、その方法に詳しくなるものだ。あの娘は、ケルアーン王の孫娘。暗殺のあれこれについて、しっかり教わって育って来たのだろう。だから、あなたの異常な発汗と視線の揺れから、冥草《チッチヨ》を盛られている、と察した」

ギュークチは半《なか》ば納得《なっとく》したようだったが、なおも気になることがあるらしく、口を開きかけた。

マシュウは彼が声を出す前に言葉を継いだ。

「それに、あなたの毒殺を図った者は、ケルアーンの末裔の価値など知らなかったはずだ」

ギュークチは、はっと目を見開いた。

「誰の仕業《しわざ》か、わかったのか」

マシュウはうなずいた。

「リマ氏族の長《おさ》だ」

ギュークチの目元がこわばった。

「ラリーハか。――証拠は？」

「彼の従僕《じゅうぼく》が器磨《みが》きの布を持っていた。その従僕が、昨夜大天幕に置かれた器を磨く係を務めたそうだ」

ギュークチはため息をつき、首をふった。

「それが容疑の理由なら、間違いだ。私の器はすべて自分で洗い、自分で磨き、目の届くところに置いている。そいつが私の器に毒を塗れたはずがない」

マシュウは微笑んだ。

「そいつが器に塗ったのは毒ではない」

「……？」

「そいつは、皆の器にカフルの樹液を塗ったのだ」

マシュウは淡々と、その手口を説明した。

「あなたは毒殺を恐れて、他の者と同じ器から注がれた乳酒しか口にしない。乳酒に毒を混ぜれば、ラリーハも飲まねばならない。

大天幕の者すべてを殺し、自分だけ生き残るという手もあるだろうが、それでは、たとえあなたを排除《はいじょ》することに成功しても、他の氏族の恨みを買う」

チュークチの顔に驚きの色が広がった。

「そうか！　私が、自分の器のみ別に磨くことを逆手にとったわけか」

マシュウはうなずいた。

「そう。冥草《チッチヨ》の毒はカフルの樹液に弱い。あの樹液に触れれば毒性を失う。医術師があなたに処方したのも、カフルの樹液から作った解毒薬だ」

「……自分や、他の者の器には、それを予《あらかじ》め塗っておいた」

「そうだ。部下が一晩かけてカフルの樹液の匂いのする器磨きの布を持つ者を探しだしてくれた」

マシュウは、ちらっと微笑んだ。

「自分の鼻ではなく、犬を使って、だが」

ヂュークチはうなり、しばらし、うつむいて何か考えていた。

マシュウは顎を撫《な》でながら言った。

「この状況の中では、ラリーハを処罰《しょばつ》するのは中々難しいことだ。慎重《しんちょう》に善後策を練《ね》ってから行わねば」

「……それもあるが」

つぶやいてから、ヂュークチは顔を上げ、マシュウを見た。

「あの娘をどうするか、がな」

「あなたの命を助けたから？」

ヂュークチはうなずいた。

「娘の方だけでも……」

マシュウは首をふった。

「それはいけない。弟を殺されれば、あの娘は激しい憎しみを生涯あなたに向け続ける。禍根《かこん》を残すだけだ」

顔をくもらせたヂュークチに、マシュウは言った。

「情けをかけるのであれば、斬首《ざんしゅ》ではなく、毒による処刑《しょけい》にすればいい」

ギュークチはぎゅっと眉根を寄せた。

「その方が苦しかろう」

「いや、毒を選べば良いだけだ。苦しまず、眠るように逝《い》く毒もある」

ギュークチは複雑な表情でマシュウを見つめた。その視線を、マシュウはただ、黙って受け止めた。

## 三、凍草

アイシャと弟のミルチャは、宿営地の外れに張られた天幕に監禁されていた。

他の天幕からは離れた草原にぽつんと張られているので、近づいて来る者は目立つ。天幕の内と外を、マシュウに付き添ってきた護衛士たちが厳重《げんじゅう》に守っており、食事や着替えなども彼らが調べてからでなければ姉弟に渡さなかった。

ヂュークチが回復した日の昼過ぎに、一度、オロキが天幕に来て、ウライリを天幕の外に呼び出して何か囁《ささや》き、護衛士を三人ほど連れて何処《どこ》かへ行ったが、それ以外、人の移動はほとんどなかった。

この天幕には煙出しの天窓の他に、ふたつ、風を通すための小さな窓が開いており、弟の方は、宿営地の方から教練の声や物音が響いてくると、この窓のそばに来て外をのぞいたりしていたが、姉の方は窓に近づくこともなく、ただ、天幕の中に座り、暇《ひま》つぶしにと渡された布に刺繍《ししゅう》をして過ごしていた。

日が暮れ落ち、兵士たちの夕餉が終わった頃、遅い夕食が姉弟に運ばれてきた。

夕食を運ぶ従僕たちの後ろには、マシュウと、藩王の側近がふたり付き添っていた。

護衛士たちが天幕の入口の布を持ち上げて中に何か囁くと、ウライリが中から出てきた。夕餉の係の背後にマシュウたちがいることに気づき、ウライリは顔をこわばらせた。

マシュウは口元に指を立てて見せ、ウライリは目で、了解を知らせた。

大きな盆《ぼん》に夕餉を載《の》せた従僕が、ちょっと頭をかがめて天幕の中へ入っていき、マシュウと藩王の側近たちは、それぞれ窓に近づいた。

日は完全に暮れ落ちて、宿営地の灯りも遠かったから、明るい天幕の内側からでは、窓の外にいる者の顔などは、やや離れていれば、まず見えない。人影が見えたとしても、これまでも護衛士たちが何度も同じように窓の外に立っていたから、姉弟には、いままでとは違うことが起きているとは気づかれないはずだった。

夕餉は兵士たちに出されたものより豪華《ごうか》で、焼いた羊肉の他に野菜を煮込んだ汁物があり、果物などもあった。薄焼《タパ》きには乳酪《にゅうらく》を塗り、その上に貴重な砂糖をふってあった。もちろん、乳酒も添えてある。

弟の方は空腹だったのだろう、目の前に夕餉が並べられると、うれしそうに顔を輝かせたが、姉の方は、従僕が入って来る前から、うつむいたままだった。

その姿勢を見て、マシュウは目を細めた。

肩に力が入っている。緊張しているのだろう。

（気づいたか）

弟は、まず薄焼《タパ》きに手を伸ばし、砂糖と乳酪が溶けて沁《し》み込んだそれを頬張って、美《お》味《い》しそうに食べた。

姉も、静かに夕餉を食べ始めた。弟と同じように薄焼《タパ》きから食べ始め、羊肉も、汁物も、ゆっくりと味わいながら食べている。果物も、残さず食べた。

一通り味わった弟が、乳酒に手を伸ばしたとき、姉が食べる手を止め、弟を見た。

（……止めるか）

マシュウは思わず身を乗り出して、姉の横顔を見つめた。

姉の手が、かすかに震《ふる》えている。細い首が緊張し、筋が浮いて見えた。

弟が取手を両手で持って、乳酒の器に口をつけた。

姉は、それを止めようとはしなかった。ただ、弟をじっと見つめている。

弟は美味しそうにゴクゴクと喉を鳴らして乳酒を飲み、器を床に置くと、残っていた果物に手を伸ばした。

そして、そのまま、ぐらっと頭をふると、前のめりに倒れそうになった。

姉はさっと手を伸ばして弟を支え、その身体を横たえさせ、頭を自分の膝に乗せた。

頰に光るものが見えた。

ぐったりとなった弟の頭を抱きしめるように前かがみになっていたが、やがて、背を起こすと、空になった弟の乳酒の壺《つぼ》に手を伸ばした。

乳酒の壺の取手を摑んだ、と思う間もなく、姉は思いっきりその壺を投げた。

壺が鈍い音を立てて天幕の窓の下にぶち当たり、マシュウは思わず顔を引いた。

中にいたウライリたちが驚いて立ち上がったが、姉はそちらを見ることもなく、ただ自分の乳酒の壺を掴むと、マシュウがいる窓に顔を向けたまま口をつけ、喉を鳴らして飲んだ。

黒い瞳が壮絶《そうぜつ》な光をたたえて、こちらを見据えていた。

マシュウはぐっと腹に力をこめて、娘の目を見つめ返した。

（そうだ。君に毒を盛ったのはおれだ）

胸の底から熱いものがこみあげ、全身がふるえ始めた。

（毒を摘《つ》まみ入れた、おれの指の匂いを、君は嗅《か》ぎ取ったのだな——その匂いの主がここにいることも）

知らぬ間に、マシュウは笑みを浮かべていた。全身が燃えるように熱かった。

娘の瞳が力を失い、前のめりに倒れていくのを、マシュウはじっと見つめていた。

＊

ヂュークチは、側近に付き添われて天幕から出てきた。

天幕の前の草地には大きな毛織物が敷かれていた。兵士たちが掲げている松明の光が敷物の上に寝かされている娘と男児の遺体《いたい》を、うすぼんやりと照らし出している。

ふたりの顔は夜目にも白く、生きていた頃よりひと回り小さく見えた。

ヂュークチはしばらく遺体を見下ろしていたが、やがて、しゃがむと、弟の口元に手をやり、息がないことを確かめた。

姉の方に手をやって同じように確かめてから、そっとその頬に触れ、驚いたように手を引いた。

「随分《ずいぶん》冷たいな。まだ、死んで、それほど経《た》っておらんのだろう？」

遺体の向こう側に立っているマシュウが、静かな声で言った。

「凍草《ヒリン》を使いましたから」

ヂュークチはうなずくと、立ち上がってため息をついた。そして、兵士に目を向けた。

「布にくるんで埋葬《まいそう》してやれ」

それだけ言うと、くるっと遺体に背を向けて、天幕に入って行った。

西カンタルでは、子どもの遺体はユギの木の下に埋葬される。

言い伝えによれば、ユギの木は、子を亡くした母が哀《かな》しみのあまり川に身を投げ、岸辺に漂い着いた身体から生えた木で、その根元に埋葬すれば、ユギの木の精霊が幼《おさな》くして死んだ者たちの魂を優しく天界に導いてくれると言われていた。

ギュークチの命を受けて夕刻からユギの木を探していた兵士たちは、すでに良い埋葬地を見つけて戻って来ていたので、ふたりの遺体は、すぐに馬車の荷台に載せられて、草原を抜け、細い川沿いの森の中へ運ばれて、ユギの木の下に掘られていた穴に埋葬された。

兵士たちも人の子で、人の親でもあったから、遺体を投げ入れるようなことはせず、寒くないよう毛織物で包んでやってから穴の底に横たえ、獣《けもの》に荒らされぬように、その上に土をかけて埋めると、深く一礼して、野営地へと戻っていった。

彼らが乗る馬の蹄《ひづめ》の音が遠ざかるやいなや、暗い木立の間から、三人の人影が跳び出してきて、一心に埋葬地の土を掘り返し始めた。

ふたりの遺体を穴から運び出し、穴の脇の草地に横たえさせるや、頭からすっぽり覆われている布を大急ぎでとりさった。

そして、別の布で遺体を慎重にくるむと、ふたりの男が、それぞれ姉と弟を抱き、森の奥へと消えていった。

残った一人は、遺体をくるんでいた布を再び穴の底に戻し、少し形を整えてから、その上にまた土をかぶせて、墓を元通りの姿に戻した。

沈みはじめた月の光が、森の木々の枝先を、かすかに光らせていた。

## 四、香りの声

香ばしい匂いがした。

（……じぃやが薄焼《タパ》きを焼いている）

そろそろ起きて、ミルチャも起こさねば、と思ったとき、稲妻《いなづま》が閃《ひらめ》くように恐ろしい記憶が蘇《よみがえ》り、ズキン、と胸が痛んだ。痛みは苦《にが》い水のように胸から喉、頭へと広がっていった。

アイシャは口を開け、激しく息を吸った。

笛のように喉が鳴り、焼けている薄焼《タパ》きの匂いと、煙の匂い、そして、ふたりの男と犬の匂いなどが一気に鼻に押し寄せてきた。

その香りの洪水《こうずい》の中にミルチャの匂いがあった。腕と腕がふれあっているらしく、温《ぬく》もりも伝わってくる。

（ミルチャ……生きている！）

目を開けて弟を見ようとしたが、辺りが激しく回転していたので、アイシャはまた目をつぶり、眩暈が治まっていくのを待った。

目覚めたようだな、という男の声を聞きながら、アイシャは混乱した頭で、必死に、何が起きているのかを考えていた。

(私は、凍草《ヒリン》入りの乳酒を飲んだ……)

乳酒に入れられていた猛毒《もうどく》の凍草《ヒリン》をミルチャが飲み干すのを見届け、自分も飲んだはずだ。

(なのに、なぜ?)

男がひとり立ち上がり、近づいて来るのを、アイシャは目を閉じたまま感じていた。目をつぶっていても、近づいて来るのが誰かはわかる。

「目覚めておられるのだろう? アイシャ＝ケルアーン殿」

アイシャはゆっくりと目を開けて、男を見た。まだ少し眩暈がしていたが、それでも男の顔は、はっきりと見えた。

日に焼けた精悍な顔と黒い目が、じっとこちらを見つめている。

「……なぜ」

つぶやくと、アイシャの声の掠れに気づいたのか、男は背後に顔を向けて、水差しを持ってこい、と言った。

水差しが運ばれてくると、男はそっとアイシャの頭の下に手を差し入れて、支えながら、ゆっくりと起こしてくれた。分厚《ぶあつ》く、大きな温かい手だった。

木椀に注がれた水を一口含むと、古い杉の匂いがした。樽《たる》に入れて運ばれてきた水なのだろう。それでも、渇いた喉には美味しかった。

水を飲み干して男に木椀を返すと、男は黙ってそれを受け取った。

アイシャは男を見つめた。

男が動くたびに、青香草の香りが強くなる。ずっと懐《ふところ》に入れているのだろう。男の匂いと混じり合って変質しているが、それでも青香草の匂いであることは間違いない。

「なぜ……」

もう一度、尋ねようとしたが、男は首をふった。

「いまは説明する暇がない。今夜、説明するゆえ、それまでここで休んでいてくれ」

弟の方を見ようとすると、男は立ち上がりながら、

「弟君《ぎみ》も無事だ。さっき、ちょっと目を覚まして、また眠った。毛布でくるんで差し上げたから風邪《かぜ》をひくこともなかろう。あなたも身体を温めた方がいい。部下を護衛として残していくから、何か起きたときは、彼の指示に従ってくれ」

そう言って、大股で焚火《たきび》の方へ戻り、焚火の脇に座っている男に木椀を返すと、薄焼《タ》き《パ》を一枚皿から摘まみ上げて口に入れ、木立の中へ歩み去ってしまった。

焚火で調理をしている男の脇に、犬がいた。犬は伏せたまま、こちらを見ている。

「起きられるようなら、ここで火に当たりながら薄焼《タ》き《パ》を召し上がりますか」

男が声をかけてきた。細面《ほそおもて》だが、どこか猟師のような鋭さのある男だった。

アイシャは草地に手をついて、ゆっくりと立ち上がった。また少し眩暈がしたが、すぐに治まった。

焚火のそばに座ると火の暖かさが肌に沁みて、身体が冷えきっていたことに気がついた。

(凍草《ヒリン》は、身体を凍《こお》らせる)

誤《あやま》ってこの草を食べた者は、みるみるうちに身体が冷たくなり、苦しむ間もなく眠るように死に至《いた》る……はずだ。

(なぜ、生きているのだろう)

男は、小型の鍋に薄く貼《は》りついて香ばしい匂いを放っている薄焼《タパ》きを、器用に指で摘まんで剝《は》がすや、木皿の上にのせた。そして、乳酪をたっぷり塗って蜜《みつ》をたらし、手渡してくれた。

木皿の温もりをてのひらに感じたとたん、心を硬《かた》く覆っていた何かが破れ、生きている、という感覚が全身に広がった。

もう道はないと思っていた。これで自分の人生は終わったのだ、と。

斬首になることを思い描いていたので、凍草《ヒリン》による処刑なのだと知ったときは、斬首よりは楽に死ねる、と思った。処刑を待っていた間は、骨が震えるほど恐ろしかったが、いざ、そのときが来て、弟が毒入りの乳酒を口にするのを見守っていたときには、もう恐れは消え去り、世界のすべてが真っ黒になっていた。自分も弟も何もかもが真っ黒な闇の中に閉ざされていた。

ただ、乳酒の中に、あの男の指の匂いを嗅いだ瞬間、激烈《げきれつ》な怒りが眉間を貫《つらぬ》いた。

血筋ゆえに、自分たちが生を終えねばならない――その理不尽《りふじん》さと、理不尽を正すことも出来ずにこの世を去らねばならぬ口惜《くや》しさが、なにとも言い難いものに対する怒りとなって噴《ふ》き上げ、身を焼いた。

温かい木皿から、ゆっくりと薄焼き《タパ》を摘まみ上げ、食べやすい大きさに畳んで口に入れると、乳酪のこくのあるしょっぱさと、蜜の甘さが混じり合って、口いっぱいに広がった。

口に慣れた味だった。

囚われてから食事の度に出されていた薄焼き《タパ》は、これまで食べたことがない素材の香りがしたが、この薄焼き《タパ》は、食べ慣れたいつもの薄焼き《タパ》で、その香りが鼻の奥に広がると、涙がこみあげてきた。

男に涙を見られぬよう、うつむいて、アイシャは温かく香ばしい薄焼き《タパ》をほおばった。

犬がのっそりと立ち上がって、そばに来た。冷たい鼻先をアイシャの肘《ひじ》にくっつけてくる。

「こら、座ってろ！　おまえには後でやるから」

男が叱《しか》ると、犬はちょっと不服そうに男を見てから、アイシャのそばに座った。

「……ここは」

アイシャは、男に尋ねた。

「どこです？」

「緑水渓谷《けいこく》のそばです」

アイシャは驚いて辺りを見回した。緑水渓谷なら、家のすぐそばだ。――もう、家には誰もいないが。そう思うと、鋭い哀しみが胸を刺した。

「なぜ、私たちはここに？」

尋ねたが、男は小さな鍋に脂《あぶら》を塗って、また薄焼《タパ》きを焼きながら、首をふった。

「私は命じられたことをしているだけで、何も知りません。マシュウさまがお戻りになったら聞いてください」

アイシャは瞬《まばた》きをした。

「……マシュウ。あの人は、マシュウというの」

男はうなずいた。

「ええ。マシュウ＝カシュガさまです」

＊

マシュウという男は、なかなか戻って来なかった。

弟のミルチャは一度起きて、犬を連れている男が作ってくれた夕食をたっぷりと食べて、自分たちに何が起きたのかなど、アイシャにも答えられないことを聞いてきたが、やがて、焚火の傍らで丸くなって眠ってしまった。身体がぬけるようにだるくて、アイシャも夕食をとると、まだ日も暮れぬうちから早々に弟に寄り添って横になった。

うとうとと眠っては目覚め、弟と自分が生きていることを確かめて、また眠る。時折、森の下生えをすり抜けてくる風が運ぶ香りに、目を覚まされることもあった。

草木の香りは日が暮れると静かになるけれど、虫などに食われると、〈香りの声〉を上げ始める。

（……アイナラの木、お願い、少しの間でいいから鎮《しず》まって）

虫に葉を食われているのだろう。よほどたくさんの虫にたかられているらしく、もう随分と長く〈悲鳴の香り〉を放ち続けている。

木が発する〈香りの声〉は、のんびりと始まり、長々と続く。

悲鳴を聞いた木々たちも次々に警戒《けいかい》の〈声〉を上げ始めていて、それが四方八方に広がっていくので、いったん気になってしまうと、アイシャにはけっこう、つらいことだった。

しかも、〈香りの声〉は緩やかに地面近くにおりてきて、粘《ねば》っこく地を這《は》うように広がって行くので、こうして地面に横たわっていると、より強く感じられる。

これが昼間であれば、〈声〉を聞いた鳥などの天敵《てんてき》が大喜びで飛んできてくれるのだけれど、日が落ちてしまったいまは、夜行性の虫たちの天下だ。昼間は土の中に隠れていて、天敵が眠る夜になると、盛んに葉を食い始める幼虫もいる。

気になるとつらいのは、草木の〈香りの声〉だけではない。

獣が発する〈香りの声〉はときに強烈なことがあって、眠っているときに感じると、目が覚めてしまうこともある。だから、家にいたときは、二階の部屋で窓をしっかりと閉めて眠っていた。

起きている間は、香りの騒音は、さして気にならない。

ごく稀《まれ》に森を出て市場に行くときなど、初めは人々が話している声や足音などが怖いほど大きく感じられても、いつの間にかたいして気にならなくなるように、香りの騒音も、普段は、きっと自然に聞き流しているのだろう。

しかし、うとうとと眠り始めたときに、急にネズミの悲鳴とともに、強烈な恐怖と血の匂いが漂って来たりすると、どきっとして目が覚めて、それからしばらくは胸がドキドキして寝つけなくなってしまう。

地面に近いところの香りは、夜になると、とてもうるさくなる。夜になると目を覚ます獣たちの香りが濃厚になるからだ。二階でも夜風が香りを運んで来るけれど、その香りは地面に近い一階の濃厚なうるささに比べれば、少しましだった。

そのことを、じぃやに話したことがあったが、じぃやは、

「香りがうるさい、ですか」

と、困ったように笑った。その顔を見ながら、アイシャは、わかってもらえない寂《さび》しさを噛《か》みしめていた。

アイシャにしてみれば、それが一番しっくりくる表現で、他の言葉では、あの感覚を伝えられない。

物心ついたときからずっと、アイシャは、生き物が発する香りを――その香りによって生じている様々なやり取りを――感じながら生きてきた。

そのせいだろうか、アイシャには、漂って来る香りが言葉のように意味をもつものとして感じられる。

もちろん、獣や草木が人の言葉で話しているわけではないけれど、木が虫に食われて発している香りを、「痛い、痛い、虫に食われている！」と言っているように感じられるのだ。

それは、火の見櫓《やぐら》から聞こえて来た鐘の連打が「火事だ！　火事だ！」と感じられたり、母が苦笑しながらついたため息が、「この子は、もう……」と言っているように思えたりするのに似た感覚だった。

様々なものたちが発する〈香りの声〉は、人の声と違って長く残る。

それらは、どこにいても、いつでも聞こえてはいるのだけれど、夜は昼間よりずっと、森全体から漂ってくる〈香りの声〉は心に障《さわ》るのだ。

夜の空を好んで舞う蛾《が》などを誘う夜咲きの花たちは、夕暮れとともに香りを放ちはじめる。花たちの誘いの香りは声高ではあるけれど、恋歌のように心地よい。

けれど、夜の森には、そういう香りとはまた別の香りが、あちこちから放たれる。小さな獣たちが捕食されてしまったときの匂いなどが濃厚に混ざるからだろうか、夜の森の香りは、アイシャには胸を圧してくるような緊迫感を伴《ともな》った騒音に感じられるのだった。

しかし、この感覚をわかってくれたのは母だけだった。

弟も多少はわかるようだったが、呑気《のんき》なたちなので、アイシャほど気にならないようだ。父はまったくわからず、じぃやにも、じぃやもわかってくれなかった。

幼い頃から、何度も、じぃやに、こういう感覚をわかってもらおうとしたけれど、その度に、じぃやは困ったように笑うだけだった。

思い出すうちに、夜の底に沈んでいくような物悲しい寂しさが、胸の底に広がった。隣に弟が眠っていても消えることのないこの寂しさは、物心ついた頃からずっと胸の底にひんやりと潜んでいる。

この孤独《こどく》を、母も抱《かか》えていた。

薬の匂いが漂う薄暗い部屋の寝台に横たわっていた母の青白い顔が目に浮かび、糸に引かれるようにして、母の声が耳の奥によみがえってきた。

——おまえも寂しいのね。

つぶやいて、額にかかった髪をそっとかきあげてくれた母の指。高熱が続き、乾いたその指の熱さと、やさしい匂い。

——私も、ずっと寂しかったわ。誰といても消えない寂しさ。なんで寂しいのか、考えてみれば、あれこれ理由は思いつくけれど、でも、本当は理由などないのかもしれない。ただ、寂しいだけで。

熱に浮かされ、半ば独《ひと》り言《ごと》のようにささやいていた母の声。その肌から漂ってくる香り。

――私たちは寂しい生き物なのよ。だから、呼びかけるの。自分が声を上げていると気づくことすらなく、虚空《こくう》に向かって、虚《むな》しく声を上げている……

（……お母さま）

あのときは幼過ぎてわからなかったけれど、いまは、よくわかる。

生き物はみな、寂しさを抱えている。だから、いつも〈香りの声〉を発しているのではなかろうか。自分では気づかなくとも、我が身から絶《た》えず〈香りの声〉を発してしまうのでは……。

アイシャはずっと、世界に満ちているその声を聞いて生きてきた。

アイシャにとっては当たり前のそれが、他の人にとっては当たり前ではないのだと知ったのは、いつの頃だっただろう。

他のことでは察しが良いじぃやでも、〈香りの声〉のことだけは、わかってくれなかった。

（……じぃや）

その顔が、ふいに瞼《まぶた》の裏に浮かび、つきん、と胸が痛んだ。

武骨《ぶこつ》だけれど優しいじぃや。母と父が相次いで病《やまい》で逝ってしまってからは、忠臣《ちゆうしん》としてだけでなく、養い親として、アイシャとミルチャの面倒を見てくれた。

（いま、どうしているのだろう）

自分たちが捕らえられていた、あの野営地のどこかに捕らえられているのだろうか。

それとも、もう殺されてしまったのか……。

そう思ったとき、耐えがたい痛みが胸に広がった。

じぃやは、かけがえのない人だ。祖父が王位を追われた後もなお、自分たち家族を守ってくれた家臣は、じぃやだけだった。幼い頃はわからなかったが、いまは、じぃやが祖父に捧《ささ》げてくれた忠心がいかに稀有《けう》なものであるか、よくわかる。

祖父はただ藩王位を追われただけではなかった。ギュークチが言っていたように、西カンタルの人々から、恨まれ、憎まれて、藩王の座から引きずり降ろされたのだ。

祖父を恨んでいるのは、西カンタルの人々だけではない。

（……お父さまも、お祖父《じい》さまを恨んでいた）

そして、自分の心の中の、いつもは見ないようにしている薄暗いところにも、祖父を恨めしく思う気持ちが、ひっそりと居座っている。

藩都《はんと》から落ち延びていく逃避行の記憶は途切れ途切れだったが、父の背中の匂いや、吹雪《ふぶき》の中で凍《こご》えていたことは覚えている。

最も鮮明《せんめい》なのは、飢えの記憶だ。

お腹がすいた、と泣いても、なにも食べさせてもらえなかった。——持ち出せたわずかな食糧はあっという間に尽《つ》き、山中を彷徨《さまよ》い、ようやく山村に行き当たっても、ひどい飢饉《ききん》の最中で、どの村でも、余所者《よそもの》に与える食糧などなかったのだ。

痩《や》せこけて、目ばかり大きな子どもらの顔を、いまも時折夢に見る。

ミルチャを孕《はら》んでいた母が苦しそうに、歯を食いしばって歩いていたことも忘れられない。優しく、強い母の顔が、苦痛に歪んでいることが、心底恐ろしかった。

ようやく、この地に辿り着き、〈幽谷ノ民《マキシ》〉に助けられ、与えてもらった温かい汁物を、一口すすったときの、天にも昇るような幸せな心地も、覚えている。

しかし、母と父と暮らすことが出来た幸せな日々は、さほど長くは続かなかった。

飢えと寒さに蝕《むしば》まれ、無理な旅を強《し》いられた母は、弟を産んだあとも肥立《ひだ》ちが悪いまま、度々《たびたび》熱をだすようになり、寝付くことが多かった。

母は懸命に生き、ミルチャとアイシャを可愛がって育ててくれたが、やがて、寝台から起き上がることすら出来なくなった。

薄暗い部屋の中で、背を丸め、母の床の脇に座っている父が、

——孕んでいたときに、あんなことにならなければ、充分に食べ、眠ることが出来ていたらこんなことにはならなかっただろうに。

私の妻にならねば、こんなことにはならなかっただろうに……

と、繰り返し囁いていた声を、いまも度々思い出す。

優しかった母の匂いが、もう遠くなってしまった母の面影と共に、ふっと鼻の奥に香った。

(お母さま)

もう一度会いたい。会って、ぎゅっと抱きしめあいたかった。

森の湿った夜気《やき》に包まれて、アイシャは、母と父の匂いと顔を、声を思った。

(幸せなときもあった。長くはなかったけれど、確かにあった)

父の傍らで刺繍をしていた母の顔を、ちらちらと照らしていた暖炉の炎の揺れるさまも、その匂いとともに心に刻まれている。

あのすべては、もうどこにもない。もう、すべて、過ぎ去ってしまった。

ミルチャが毒入りの乳酒の器を持ち上げるのを見たとき、真っ黒な絶望とともに心に浮かんだのは、これで父母の元へふたりで行ける、という思いだった。

しかし、乳酒に、あの男の匂いを感じた瞬間、ふいに、火のように熱い怒りがこみあげてきた。

逝きたくて、逝くのではない。邪魔者だから排除されるのだ。――そう思ったとき、長く胸に降り積もってきたあれこれが一気に噴き出した。

――おまえたちは、いわば、土手に空いている蟻の巣穴だ。普段なら放っておいても問題ないが、嵐が来れば、そこから土手が崩れ、国に災いが広がる。

――恨むなら、血筋と運命を恨め。

何をしたわけでもない。それでも、生きているだけで、人の迷惑になる――自分たちは、そんな存在なのだろう。

（でも、それなら……）

なぜ、私たちはいま、生きているのだろう。

夜気の匂いに包まれながら、アイシャは怒りと虚しさと、混乱した思いを抱いて、瞼の奥の闇を見つめていた。

＊

そっと肩にふれられて、びくっと眠りから覚めたとき、アイシャは、つかのま自分がどこにいるのかわからなかった。

「……起こしてすまないが、話をするなら、いまが一番良い。事情を聞くかね？」

アイシャは目をこすりながらうなずき、身を起こした。ミルチャも起こそうとすると、マシュウは、アイシャの手に触れて、それを止めた。

「そのまま寝かせておきなさい。後で、あなたが説明をしてあげればいい」

焚火は熾《おき》になっていた。

犬も男もいない。ただ、マシュウがひとり焚火の脇に膝をつき、熾火に細い枝を足して、火を大きくしている。

アイシャは焚火のそばに行って座り、マシュウと焚火を見ていた。

充分に火が大きくなると、マシュウは焚火の傍らに腰を下ろし、さて、と言った。

「どこから話すかな。……まず、なにが知りたい？」

アイシャは硬い声で言った。

「私たちは、なぜ、生きているのですか？　凍草《ヒリン》を飲んだのに」

あの凍草《ヒリン》入りの乳酒から香った、この男の匂いを思い出しながら、アイシャはじっとマシュウを見つめた。こうして間近で見ると、最初の印象よりも若い男だった。

「あなたが凍草《ヒリン》を乳酒に入れたのでしょう？」

マシュウはうなずいた。そして、ちらっと苦笑した。

「だから、私に投げつけたのだろう、器を」

アイシャはうなずき、マシュウを見つめたまま、言った。

「あなたは私たちに毒を盛った。私たちはそれを飲んだ。でも、こうして生きている、ということは、あなたが解毒をしたのですよね？　なぜ？　それに、どうやって……」

マシュウは焚火に手をかざしながら、言った。

「凍草《ヒリン》の効《き》き方は分量次第だということは、知っているか？」

アイシャは、あ、と小さく声をたてた。

（そうか……！）

解毒したわけではないのだ。この男は、初めから、死ぬことがないように分量を加減していたのか。

凍草《ヒリン》を誤って口にした子どもが、息もせず、脈もなくなって、てっきり死んだものと思って親たちが泣きながら墓穴を掘り、横たえて、いざ土をかけようとしたら息を吹き返した、という話を、じぃやから聞いたことがある。食べた量が少なかったおかげで、助かったという話だった。

そのとき、母が、凍草《ヒリン》は特殊《とくしゅ》な毒草で、当たっても助かれば、その後は驚くほど速やかに治るのよ、と教えてくれた。

「……でも」

と、アイシャは眉根を寄せた。

「そんなこと、できるものなのですか？　私とミルチャでは身体の大きさも違うし」

「正直なところ」

マシュウは焚火を見ながら言った。

「ひどく危険な賭《か》けだった。だが、他に、あなた方の命を救う手立てはなかった」

「……」

焚火から目を上げ、アイシャを見つめて、マシュウは言った。

「あなた方が死んだとギュークチたちに思わせるためには、凍草《ヒリン》を使うしかなかったのだ」

アイシャはマシュウを見つめた。炎の照り返しが、日に焼けた男の顔を淡く浮かび上がらせている。

「だけど、なぜ？　そもそも私たちの行き先を教えたのは、あなたなのでしょう？　捕まえさせておいて、なんで命を助けたのです？」

しばらく、マシュウは無言で炎を見つめていたが、やがて、目を上げてアイシャを見た。

「あなた方を捕らえさせた理由は、ギュークチが説明した通りだが……」

マシュウの目には、複雑な色が浮かんでいた。

「実際には、ギュークチが懸念《けねん》したようなことは、まず起こるはずがなかった。大崩渓谷《トオウラ・イラ》の〈幽谷ノ民《マキシ》〉が帝国に敵対する可能性は限りなく低い。

だが、ヂュークチが敵対氏族に潜り込ませている内通者が、〈幽谷ノ民《マキシ》〉があなた方をとても大切にしていることを敵対氏族が知り、あなた方を担いで〈幽谷ノ民《マキシ》〉を味方につけることを企《たくら》んでいる、と知らせてきたのだ。それを聞いて、ヂュークチは激しく動揺《どうよう》した。

ヂュークチは、ああ見えて、とても繊細な男だ。そんなことは起こさせない方法があると説得したが、わずかでも懸念があることは放置出来ぬと言い張った」

マシュウは平坦《へいたん》な声で言った。

「確かに、こういうことに絶対はない。最も安全な方法は、あなた方を消すことだ。帝国にとっても悪い選択ではないから、私が止めても、彼が強行するだろうとわかっていた」

アイシャは苛立って問うた。

「だから！　それなら、なぜ、助けたのです？」

マシュウの目に、何か、これまでとは違う表情が浮かんだ。――と、匂いが変わった。

少し体温が上がったのか、これまでより、芳《かぐわ》しい汗の匂いがわずかに強まった。

「……なぜなら」

声が、かすかに掠れていた。

「私の母は、〈幽谷ノ民《マキシ》〉だからだ」

# 五、オアレ稲

馬車の窓を開けて、アイシャは思わず声をあげた。

眩《まぶ》しい。

見渡す限り、黄金色の穂の波が広がっている。風が渡り、穂を波打たせるたびに、さあっと光の波が視界の果てまで広がっていき、風に舞いあげられた芳香《ほうこう》が押し寄せてくる。

それは他のいかなる植物とも違う圧倒的な香りで、アイシャはもう、かなり前から、その異様に強い香りを感じていた。

傍らで、じいやが、

「オアレ稲が実る様は、やはり、壮観ではありますな」

と、言った。

「なに？　なに？　ぼくも見る！」

向かい側の席にいたミルチャが椅子から飛び降り、こちら側にきて、じいやを押しのけるようにして窓から無理やり顔を出そうとしたので、じいやは慌ててミルチャを制した。

「いけません、こっちにばかり人が寄ると、馬車が傾きまする。そちらの窓からも同じ風景が見えますゆえ、その窓からご覧くだされ」

ミルチャが席に膝をついて窓を開けるのを見ながら、じぃやは言った。

「この辺りからこういう光景が続きまする。この辺りには多くの栽培地《さいばいち》がございますゆえ。やがて、帝国本土に入れば、ユイノ平野の広大な栽培地を見ることが出来まする。ウマール帝国で、最も古くからオアレ稲が作られてきた一大生産地で、藩王国に配られる種籾《たねもみ》の多くがそこで栽培されておりますゆえ、なかなかの光景です」

じぃやは交易《こうえき》の仕事に携《たずさ》わっていたから、帝国本土へも行ったことがある。説明しているその声には、ちょっと誇《ほこ》らしげな響きがあった。

（――オアレ稲……）

遥《はる》か昔、今よりも寒く、大地が乾き、穀物《こくもつ》が実らず、人々が死に絶えようとしていたとき、神郷《しんきょう》オアレマヅラから香君《こうくん》さまがこの地に下り、衆生《しゅじょう》を救うために与えたという宝の稲。

そして、祖父ケルアーンが藩王の座を追われる原因となった稲だ。

香君さまは生まれ変わりを繰り返し、決して死ぬことがない。いまも帝都の香君宮《きゅう》におられ、香りで万象《ばんしょう》を知り、人々を導いておられる。

アイシャが生まれ育った西カンタルでもオアレ稲が主食なので、旅費を出せる村では、年の初めに、遥か東の帝都にある香君宮まで村人を送りだして、参拝《さんぱい》をさせ、その年の豊作を祈願《きがん》するのだと聞いていた。市場で売られているオアレ米を見たこともある。

しかし、アイシャたちは、市場からすぐの所にある栽培地にすら近づくことはなかったから、オアレ稲が実る光景を見るのは、これが初めてだった。

頷《うなず》いているように頭を垂《た》れている稲穂《いなほ》はかわいらしく見えたが、オアレ稲の〈香りの声〉にアイシャは顔をくもらせた。

こうして稲の傍《そば》を通っていると、市場などで風に香りを感じていたときよりずっと、眉間の辺りにさわるような、圧迫して来るような、その単調な香りの響きが気になる。

森や草地と畑では、聞こえて来る〈香りの声〉は随分違う。

森でも草地でも、草木は、なんだかんだと活発にやりとりをしていて、騒々しいと感じるくらいなのだけれど、日の下にのんびりと広がる畑に出ると、とたんに、〈香りの声〉は、なんとも散漫な白々とした感じに変わってしまう。

畑に行儀正しく並んでいる野菜たちの間を歩くとき、アイシャはいつも、なぜ、この子たちは、こんなに無口なのだろう、と、哀しい心地になった。

それでも、時折、虫に食われて痛い、とか、お日さまが心地よい、とか、つぶやいているのは感じられて、その小さな声を聞きたくて、幼い頃は、よく畑の中でしゃがんでいたものだ。

オアレ稲の〈香りの声〉は、そういう畑の作物とも違う、異質な声だった。とても静かな、ただ呼吸を繰り返している音のような、単調な響きだ。

それでいて妙な威圧感がある。叫《さけ》びたいのに叫べないものが、鬱屈《うっくつ》してふるえているような、いつか耐えられなくなったとき、途轍《とてつ》もない絶叫が起きるのではないか、と思わせる、怒りを秘めた静けさだった。

少しつらくなってきて、アイシャはそっと鎧戸《よろいど》を閉め、窓の隙間《すきま》から射し込む光と、それが作る影を見つめた。

——湿った地にはオアレ稲、風吹く地にもオアレ稲、
心優しき香君さまは、何処にも、尊き宝をもたらし賜《たま》う。

と、〈香君御神歌《ごしんか》〉に謳《うた》われているように、ウマール帝国では藩王国も含めて、水田を作れない土地でも畑で陸稲《おかぼ》としてオアレ稲が作られているので、いまはもうオアレ種以外の米や、かつて作っていた麦などの穀類を見ることは極めて稀だ。

オアレ稲のことを思うと、いつも、父の香りが鼻腔《びこう》によみがえる。祖父のことを話してくれたときの父の香りが。

祖父ケルアーンは聡明《そうめい》な人で、氏族間の争いが絶えなかった西カンタルの内戦を収めて、安定的な統治を実現した英雄だった。時のウマール帝国皇帝にその能力と心根を認められて、戦を経《へ》ることなく西カンタルを帝国の内側に置くことにも成功した。

祖父はまた、地下用水路の大規模な拡張を行い、その維持《いじ》の方法も改善して、畑地の拡大にも努《つと》めたが、地味が痩せて荒地も多い西カンタルでは、度々飢饉が発生した。

そんな状況下でも、祖父はなぜか、帝国の領民に下賜《かし》されるオアレ稲の作付けを拒《こば》んだ。

オアレ稲は奇跡の稲だ。土が合わず、普通の稲は作れない土地でも、地味《ちみ》の痩せた寒冷地でも、年に数回収穫することが出来て、従来作っていた穀類の倍以上、うまく行けば三倍の収穫量を得ることも夢ではない。条件が良いところでは、なんと四倍もの米を収穫することもあるという。

冷害にも干害《かんがい》にも強く、虫もつかない。その上、なぜかオアレ稲の栽培地では雑草が生えないので草取りの重労働をする必要がないし、陸稲で作っても連作障害がない。

唯一、海のそばでは作れないのだそうだが、海は、天炉山脈を越えた辰傑国側と、南部に長い壁のように広がる長嶺《ちょうりょう》山脈の向こう、マザリア王国側にあって、西カンタルにはなかったので、そんな欠点など誰も気にしなかった。

オアレ稲は味も良い。適度な粘り気があって様々な食べ方ができる。麦から作る薄焼《タ》き《パ》の味に慣れていた人々も、オアレ種の米粉でつくった薄焼《タ》き《パ》や、炊いた飯、餅《もち》など、ウマールの人々から伝えられた食べ方を試《ため》すと、その味の良さに、あっという間に虜になった。

オアレ米を食べると身体が丈夫になり、子宝に恵まれるとも言われていて、他国では薬として扱われることもあり、交易品としても珍重《ちんちょう》されている。

西カンタル各地の氏族長たちは、オアレ稲が欲しいがゆえにウマール帝国への服従《ふくじゅう》を歓迎《かんげい》したという経緯があったから、頑《かたく》なにオアレ稲の導入を拒み続けたケルアーンは、氏族長たちから疎まれるようになった。

やがて、酷《ひど》い飢饉が全土を襲うと、民の怒りは頂点に達し、ケルアーンは王座を追われた。アイシャが、飢えと寒さの旅として記憶しているあの逃避行に、祖父は同行しなかった。自分がいることで家族を危険に晒すことを恐れた祖父は、父の懇願《こんがん》を聞きいれず、ひとり、藩都に残った。そして、飢えに苦しむ藩都の民たちが炊き出しを受けていた広場で、自らの命を絶ったのだという。

アイシャは、その話をしてくれたときの父の香りを、いまも、はっきりと覚えている。

「自らがオアレ稲を受け入れていたら死ぬことはなかった多くの民、そして、飢えに苦しんでいる多くの民に詫《わ》びる気持ちはあったのだろう。

それでもなお、父上は、自らの決断が完全に間違いであったとは、思っておられなかっただろう、と、私は思う」

怒り、恨み、そして、愛おしく、懐《なつ》かしく思う気持ち――あのとき父から発せられていた香りには相反《あいはん》する様々な思いが混ざり合い、うねっていた。

「父上はオアレ稲を、喜びと悲嘆《ひたん》の稲、と呼んでいた」

と、父は言った。

「カンタルは貧しかった。山岳地帯には畑にできる土地が少なく、平地も岩だらけの土地が多くて、地味も痩せているからだ。

父上が西カンタルを治めていた頃、隣国の東カンタルは逸早《いちはや》くウマール帝国への服従を誓い、藩王国になっていた。

東カンタルは西よりも地味が痩せていて、度々飢饉に見舞われ、その度に、我らに救《きゆう》済《さい》を求めて来たほどの貧しさだったが、藩王国となり、オアレ稲を作るようになったとたん、驚くほど豊かになった。それはもう、本当に奇跡としか思えぬ目覚ましい豊かさだった。

その事実を目《ま》の当たりにした我が国の人々は、なんとか我が国にもオアレ稲をと望むようになったのだ。

だが、父上は、オアレ稲をこの地に入れることを拒んだ」

父の目に浮かぶ哀しみの色が、深くなった。

「オアレ稲は確かに奇跡の穀物だ。痩せた土地でもぐんぐん育ち、年に何度も収穫できる。病虫害に強く、連作障害が起きないし、味も良い。——だが、種籾をとることができない」

不思議なことに、収穫したオアレ稲の穂から厳選した種籾を蒔《ま》いても、決して芽吹くことがない。

次の収穫のために蒔く種籾はすべて、税として帝国に収めた額に応じて、帝国の〈富《ふ》国《こく》ノ省《しょう》〉から送られてくるのだった。

「なんと見事な鎖《くさり》だろうか、と、父上はおっしゃっておられた。オアレ稲によって、確かに我らは飢饉の恐怖から逃れられる。民は太り豊かになる。だが、それは隷属《れいぞく》の代償《だいしょう》だ、と」

父は、かすかに首をふった。

「父上の気高《けだか》いお気持ちはわかるし、父上のお気持ちを縛《しば》っていたのは自治のことだけではなかった。オアレ稲を作ることで他の穀物が採れなくなることも恐れておられた。オアレ稲に依存《いぞん》してしまった後で、オアレ稲が採れなくなったら大変なことになる、と。だが、私は、いかなる理由も、いま、目の前で失われつつある民の命に勝るとは思えぬ」

哀し気な目でアイシャを見つめ、父は言った。

「おまえも覚えているだろう、飢えの苦しさを。あの焼けつくような飢えと、なによりも、あの儚《はかな》くなっていく絶望感を。私は幼い頃から何度も経験したし、いまも度々悪夢を見る。

選択を迫《せま》られたのが私であったら、私は父上がとった道はとらなかっただろう」

そう語ったとき、父の目には、激しい苦悩の色が浮かんでいた。

「私は、父上を諫《いさ》めることが出来なかった。父上を諫めて、民を救うことが出来なかった。私は大きな罪を負うているのだ、アイシャ。多くの死を招いてしまった償《つぐな》いきれぬ罪を。私も藩都に残り、民に詫びて自裁《じさい》したかった。だが、私は、それが出来なかった」

子を孕んでいた妻と、アイシャ――自らの家族を守るために、父は逃げ延びる道を選び、そのことを生涯負い目として背負い続け、オアレ稲は一切口にしなかった。

だから、アイシャとミルチャも、オアレ稲を食べたことがなかった。

大崩渓谷《トオウラ・イラ》一帯に暮らす山岳民〈幽谷ノ民《マキシ》〉の若者たちが、十日に一度、山から持ってきてくれる蕎麦《そば》や豆、麦などを食べて暮らしていて、それを不自由と思ったことはなかった。

大崩渓谷《トオウラ・イラ》がある天炉山脈一帯では、土が稲に合わず、稲は育たない。だから、天炉山脈の山裾《やますそ》に暮らす人々は、麦や蕎麦を作って生きてきた。

ところが、オアレ稲は、ふつうの稲は育たぬ土地でもぐんぐん育つので、いまでは、天炉山脈の山裾でも盛んにオアレ稲が作られている。

しかし、〈幽谷ノ民《マキシ》〉は、なぜかオアレ稲を呪《のろ》われた稲と呼んで嫌っていて、昔から作ってきた作物を頑固《がんこ》に作り続けている。それゆえ、オアレ稲を拒んだケルアーン王を真の王と呼び、アイシャたちを匿《かくま》い、暮らしを助けてくれたのだった。

自分の背丈の半分程もあろうかという荷を背負って、険しい山から下りて来る若者たちの日に焼けた精悍な顔が、ふと、あの夜、自分を見つめていたマシュウの顔と重なった。

母親が〈幽谷ノ民《マキシ》〉だ、と、マシュウが言ったとき、アイシャは思わず苦笑してしまった。

「そんな、子どもでもわかるような嘘を言わないでください」

「なぜ、嘘だと決めつける？」

「だって、あなたはカシュガ家の人なのでしょう？　そんな帝国随一の名家の人の母親が、辺境も辺境、天炉山脈の山奥の民だと言われて、信じる人がいますか？」

苦笑したままそう答えたのだが、そのとき、マシュウの身体から発散されてきた匂いの強さに、アイシャは、はっと笑みを消した。

それは、怒りの匂いだった。

表情はまるで変わらなかったが、マシュウが激しい怒りをこらえていることが、アイシャには、はっきりとわかった。

「信じられぬなら、それでも一向にかまわない。確かに、あり得ぬ話に聞こえるだろう」

その声と、発散されてくる匂いが重なったとき、彼の怒りの感情が、自分に向けられたものではないことをアイシャは感じた。

焚火に視線を落としたマシュウの目は、どこか別の場所を見ているようだった。

「父は、新カシュガ家の前当主の弟だ。少し変わった男で、カシュガ家に生まれたくせに、まるで政治に興味がなかった。少年の頃から香使《こうし》にくっついて帝国各地の農地を調べてまわり、やがて、辺境を巡るようになった。――そして、天炉山脈の奥地で母と出会った」

炎に照らされているその顔が、かすかに歪んだ。

「母を娶《めと》ってからも父は旅をやめなかった。だから、私は十四の年まで、〈幽谷ノ民《マキシ》〉として大崩渓谷《トオウラ・イラ》の母のもとで育った」

マシュウは、その後しばらく、黙って、パチパチと音をたててはぜている薪《まき》と、ゆらめく炎を見つめていた。

何を思っているのか、その身体から漂ってくる匂いは、ゆるやかに鎮まっていった。

やがて、マシュウは目を上げ、アイシャを見た。

「私の従兄《いとこ》は、あなたの家に食糧を届けていた」

アイシャは驚いて、え！　と声をあげた。

「本当ですか？」

マシュウはうなずいた。そして、〈幽谷ノ民《マキシ》〉の言葉で言った。

「叔父貴《おじき》らぁと一緒に、麦と豆さ担いで、あんたさぁの家に届げると、母御ぉがお茶ぁ淹《い》れで、甘ぁい菓子もくれだそうだ」

その口の中にこもったような言い方は、まぎれもない〈幽谷ノ民《マキシ》〉の喋《しゃべ》り方だった。

マシュウは、にやっと笑った。

「そん話を聞いだときぁ、おれぁ、十七だった」

マシュウはそのまま、しばらく、やわらかい表情でアイシャを見ていたが、やがて、すっと笑みを消した。

「その二年前、私が十五になったとき、父は私にカシュガ家の男として生きよ、と命じた」

「……」

「父の兄の息子が二人、流行《はや》り病《やまい》で相次いで亡くなって、新カシュガ家の次代を担《にな》う者が、ひとりしかいなくなったからだ。そのひとりの弟として補佐する者が必要だと考えた祖父は、父に、私を、父の兄の養子として差し出せと命じたのだ」

マシュウは片手で顔を拭った。

「とにかく、そういうわけだ。——少しは納得がいったか?」

〈幽谷ノ民《マキシ》〉は余所者を嫌うし、結婚は厳しい掟《おきて》に従ってなされると聞いている。そんな民の娘が余所者と結ばれて子をなした、というのは、やはり奇異《きい》な話に聞こえたが、絶対ないと言い切れるほど〈幽谷ノ民《マキシ》〉のことを知っているわけではない。

マシュウのマキシ語は完璧で、学んだ言葉という感じはまったくしなかった。

「……だから、私たちを助けてくれたのですか」

つぶやくと、マシュウは、

「だから、というより、それもあって、だ」

と、言った。

「私は藩王国視察官――帝国皇帝の目だ。帝国全体のことを考えながら情勢を見る。西カンタルのことしか頭にないヂュークチとは違う」

細い枝で薪をわずかに持ち上げ、粗朶《そだ》を足しながら、マシュウは続けた。

「例えば何年か後にヂュークチが病死でもして、西カンタル内の勢力図に変化が起きたら、あなたたちの存在が、むしろ、大切な意味を持つかもしれない」

アイシャに目を向け、マシュウは低い声で言った。

「状況はいくらでも変わり得る。だから、殺さずに済む命は救い、失くしたことを後悔するような駒《こま》は失くさぬように努める。それが私の仕事だ」

馬車はゆったりと揺れ続けている。

延々と続くオアレ稲の波を見るのにも飽きたのだろう、ミルチャは座席に横になって眠ってしまった。

じいやはミルチャの寝顔を眺めていたが、やがて目をあげて、アイシャを見た。

アイシャは、小さくため息をついた。

「夢を見ているみたい」

じいやも、深いため息をついた。

「まことに。――おふたりのお顔を見たとき、私も、これが夢なら覚めるな、と思いました」

あの夜、焚火の傍らで、マシュウから、じぃやが解放されたと聞いたときは、あまりの嬉《うれ》しさと安堵《あんど》で全身にふるえがきた。

ギュークチは、臣下《しんか》が主君を守ろうとしたことは罪とはいえず、すでに奉《ほう》じる主君もいなくなり、今後反逆の可能性もない、として、じぃやを解放したのだという。

夜が明けてすぐ、あの犬を連れた男に伴われて、じぃやはアイシャたちの所へやって来た。朝靄《あさもや》が漂う木立の間から、じぃやが現れたとき、アイシャとミルチャは思わず駆け寄って抱きつき、声を上げて泣いた。

道の整備がよいのだろう、馬車の揺れは、故郷の近くを走っていたときよりずっと小さくなって、あまり身体にこたえなかった。昼下がりの穏やかな光が、馬車の座席をやわらかく照らしている。その穏やかな光の中で、じぃやの目が、ふと硬い色を帯びた。

「これから先、ちゃんとお話しする機会があるかどうかわかりませんので、いま、申し上げますが」

じぃやは言葉を探すように少しの間をおいた。

「あのマシュウという御方には深く感謝しております。それは心《しん》からの気持ちなのですが、ただ、どうも、なんと申しますか、腹の底の方に、落ち着かぬものがあるのです」

六、青香草を抱く者

アイシャは、じっと、じぃやを見つめて待ったが、じぃやは、なかなか次の言葉を口にしなかった。

「私も」

少し苛立って、アイシャは口を開いた。

あのマシュウという男は、確かに何を考えているのかわからないところがある。そう思っているのに、なぜだろう、じぃやから、あの男を疑う言葉を聞きたくなかった。

「あの人は、私たちに見せていないことをたくさん懐に隠していると思うし、なにか計算と思惑《おもわく》があって私たちを助けたのだと思う。……だけど」

その先をどう続けていいかわからなくなり、口ごもると、じぃやは少し困ったような顔でうなじの辺りをさすりながら、

「いや」

と、言った。

「私は、あの御方が、おふたりを助けたこと自体は、なんというか、冷徹な計算からというより、助けたいという気持ちがあってのこと、という気がしておるのです」

アイシャは瞬きして、じぃやを見つめた。

「そう思う？」

じぃやは、うなずいた。

「なぜ、そう思うの？」

重ねて問うと、じぃやはため息をついて、言った。

「私を生かしたからでございます」

「……」

「おふたりを生かすことが、あの御方の利になる、ということは、それはそうでしょうが、おふたりを自分の都合のよいように使いたいというだけなら、私などいない方が良い。私がいたら、後々面倒なことになるかもしれません。

ギユークチは、私を解放するとき、あの御方の助言があったことを匂わせました。実際、そうだったのでしょうが、だとすれば、なんでわざわざそんなことをしたのか。ギユークチを動かしてまで私を生かすより、殺してしまった方が遥かに楽で、安全であるのに」

アイシャは首を傾《かし》げた。

「そうかしら。じぃやが処刑されたら、ミルチャも私も、あの男を恨んでいたわ。助けてもらったのはありがたいけれど、あの男の進言でじぃやは捕らわれたのだし、私たちを利用したいなら、私たちに恨まれるのは得策じゃないでしょう」

「そこ、でございますよ。考えてみてくだされ。ミルチャさまなら、今後いかようにもお心を操れましょうが、貴女《あなた》さまは、そうはいかない」

じぃやが言った。

「あの御方は、貴女さまの心情を気にしておられる。やり方に、なんというか、貴女さまへの気配りがあるのです」

じぃやは、寝息をたてているミルチャに視線をおとした。

「私に、帝都南部の農場で働く口を与えるから、そこでミルチャさまを育ててくれと、あの御方はおっしゃった。どんな農場かはわかりませんが、私の勘では、人の好《よ》い農場主がいる住み心地の好いところを見つけて来るのではないかと思います。そういう所でミルチャさまがすくすく育たれると知れば、貴女さまのお気持ちは和らぐでしょう」

じぃやは、ゆっくりと続けた。

「何か隠された意図があるとしても、藩王位を狙《ねら》うチュークチのような者に、いつ殺されるかわからぬ状況よりは、ずっとましな暮らしでございますしな」

アイシャは眉根を寄せた。

「では、じぃやが気にしているのは、なに？」

じぃやは目を上げて、アイシャを見つめた。

「私が気にしておりますのは……あの御方が利用したいのは、ミルチャさまではなく、貴女さまではないか、ということで」

思いがけないことを言われて、アイシャは思わず問い返した。

「え？　私？」

「はい」

アイシャは苦笑して、首をふった。

「それは考え過ぎよ。私なんて、なんの利用価値もないわ。あるとすれば、ミルチャの姉だということぐらいで。あの人は、ケルアーンの血筋の者を手懐《てなず》けておいて、西カンタルの政治情勢が変わったとき、使える駒を手元におきたいだけよ」

じぃやは顎髭をつまみながら言った。

「確かにそれはあるでしょう。あの御方は、現状では、ヂュークチに殺される危険があるので死を装わせてもらったが、西カンタルの統一が盤石《ばんじゃく》なものとなった後には、ケルアーンの偉業が見直される日も来るかもしれない、だから、ミルチャさまをしっかりと育ててほしいとおっしゃいました」

じぃやはミルチャの寝顔に視線を落とした。

「いまの西カンタルの状況を思えば、それは、ごく真っ当な理由に聞こえます。だが、どうも、腹の底が落ち着かぬのでございます」

目を上げて、アイシャを見つめ、じいやは言った。

「それならば、貴女さまもミルチャさまと一緒に私が育てればよいことでしょうに、なぜ、貴女さまだけ別の場所で働くよう図ったのか」

——あなたには、〈リアの菜園〉に暮らしの場を設けよう。

マシュウにそう言われたとき、アイシャも、なぜ、自分だけ別の場所に？　と、思ったが、その方が、危険が少ないからだろうと思って、それ以上そのことは気にかけていなかった。

「私だけ分けたのは、三人が揃っているより安全だからではない？　帝都には、西カンタルの人たちも来ることがあるし、万が一、私たちの顔を知っている者が、私たちが三人でいるところを見かけたら、気がつくかもしれないし」

じいやはゆっくり首をふった。

「それは、確かに。……しかし」

「しかし、なに？」

じいやは難しい顔で口を開いた。

「以前、帝国についてお教えしたときに、お話ししましたが、カシュガ家がふたつあることは、覚えておられるでしょうな？」

「ええ。新旧ふたつに分かれているのよね？」

　じいやはうなずいた。

「そうです。では、マシュウさまが、どちらのカシュガ家に属するか、ご存知ですか？」

「新カシュガ家だと言っていたわ」

「そうです。あの御方は新カシュガ家《カシュガ・ライ》に属しておられます」

　それを聞いて、アイシャはわずかに目を細めた。じいやが何を気にしているか、わかったからだ。

　じいやは低い声で言った。

「〈リアの菜園〉は、カシュガ家といっても旧カシュガ家《カシュガ・オイ》の所領である菜園――新カシュガ家の血をひくあの御方にとっては、敵とは言わぬまでも、決して気を抜けぬ、警戒せねばならぬ相手が運営している菜園でございます。

　もっとも、新カシュガ家側の子らも、一定期間必ずこの菜園で学ぶ制度があるそうですから、なにか新カシュガ家に隠さねばならぬことが営まれている、というわけではないのでしょうが、しかし、あそこは、カシュガ家に縁戚《えんせき》関係のない者が易々《やすやす》と入れるような場所ではありません」

「……」

「そこに貴女さまを送りこむというのは例外中の例外でございましょう。それほどの無理をして貴女さまに何をさせようと思っておられるのか。私はどうも、腹に落ち着かぬものを感じずにはおられないのです」

――野山に囲まれた美しいところだし、私の知人たちが運営している菜園だ。慣れぬうちはつらいこともあろうが、慣れてしまえば穏やかに暮らせるはずだ。

そう言ったとき、マシュウは何を考えていたのだろう。

アイシャは移ろう光の筋をぼんやりと見ながら、自分の腕をさすった。

カシュガ家が新旧ふたつあることは知っていたのに、なぜ、あのとき、そのことを思い出さなかったのか。

（あのときは、むしろ……）

穏やかな気持ちでマシュウの言葉を聞いていた。彼の身体から漂ってくる匂いが、穏やかだったからだ。

（それに）

マシュウが、青香草の香りを纏っているせいもあるのだろう。心のどこかで、彼は悪人ではないと感じているのだ。

青香草の香りを嗅ぐと、いつも、森の奥へと分け入っていく老人の後ろ姿が目に浮かぶ。粗末な衣を纏って、杖《つえ》をつき、ただ、ひたすらに歩いていく男の姿が。

その姿を見たのは、天炉の麓に住み始めて数か月経った頃だ。

多分、春から初夏へと移るくらいの季節だったのだろう。

その頃には珍しく蒸し暑い日で、ひとりで行ってはいけないと厳しく止められていた沢にどうしても行きたくなって、大人たちの目を盗んで家を出た。

その日は風がなくて、いつもは涼しい森の中にも温気がこもっていた。

周囲の匂いがあまり動かず、淀《よど》んでいたせいだろう、ふと気づくと、自分がどのあたりにいるのか、わからなくなっていた。

歩いても、歩いても、ただただ深い森が続く。

泣きたくなってきたとき、不意に涼やかな香りが漂ってきた。それまで嗅いだことのない香りだった。

一瞬、涼風に頬を撫でられたような気がして、その香りがする方へと藪《やぶ》をかき分けながら進んでいくと、いきなり目の前が開けて、陽だまりの草地にまろびでた。

草地の真ん中に、泉があった。

透明な水がこんこんと湧《わ》いて、草地に溢《あふ》れ、小さな流れをつくって草地の外へと流れ出ている。

その泉の周り一面に青い花が咲き、あるかなしかの風に揺れていた。

ふらふらと泉に近づき、湿った草の中に膝をついて、両手で水をすくって飲んだ。氷のように冷たい水が、ほてった喉をするすると冷やしていく。

その後のことは、断片的にしか覚えていない。眩暈がしていた記憶があるので、多分、泉の脇に倒れたのだろう。

誰かが覆いかぶさるようにして、自分を見ている夢を見た。

その人から、そばに咲いている花と同じ花の匂いがした。

抱き上げられ、涼しい木陰の、ひんやりとした草地に横たえられ、額と首に冷たい布を置かれた感覚で目が覚めて、起き上がろうとしたが、身体がだるくて起き上がることができなかった。

「……そんままで、おんなさい。すぐに助けがぐるから」

太く低い男の声が聞こえた。

ほんのわずかの間眠りに落ちたのか、次に気づいたときは、傍らにしゃがんでいたはずの男はおらず、顔を傾けると、森の奥へ、奥へと分け入っていく後ろ姿が見えた。

葉むらを透かして落ちる陽の白い光が、粗末な衣を纏った背中にちらちらと斑《ふ》を落としていた。

次に目が覚めたとき、傍らには〈幽谷ノ民《マキシ》〉の小母《おば》さんがいた。よく、果物などを届けてくれる小母さんだったので、その顔を見たとき、とても安堵したのを覚えている。

小母さんは、そっと抱き起こしてくれて、冷たい水を飲ませてくれた。

「ほんに、まあ、こんなとぉこまで、ひとりで、よう歩いて来ぃなすったもんだぁ。みなさまが心配しておられるっしょう。お館《やかた》まで、お連れしますで、もう大丈夫」

そういって、小母さんは背負子《しょいこ》を背負うように、軽々と負ぶってくれた。

小母さんの背中は日向《ひなた》の匂いがした。その背に揺られてうとうとし始めたとき、ふっと、自分を抱き上げて草地に運んでくれた人のことを思い出した。

「……あのお爺さんは？」

尋ねると、小母さんは、ちょっと立ち止まりかけ、思い直したようにまた歩きながら、

「そうかね、覚えぇでいなさったかね」

と、つぶやいた。

「顔、ご覧になっだかね？」

と、聞かれて、アイシャは、背中で首をふった。

覆いかぶさるようにして、こちらを見ていたとき、お日さまを背負っていたので、顔はまるで覚えていなかった。老人だ、と思ったのは、後ろ姿と歩き方のせいだったのだろう。

それを、ぽつ、ぽつ、と拙《つたな》い言葉で伝えると、小母さんは、ほっとしたように言った。

「そんですかぁ。んなら、よがった」

「……なんで、よがったの?」

「あん人ぁ、リタランですから」

「リタラン?」

「んだ」

「リタランって、なに?」

小母さんは黙り込んだ。答えてくれないのかな、と思い始めた頃、小母さんはゆっくりと話し始めた。

「リタランっぢゅうのは、〈求道者《ぐどうしゃ》〉でごぜぇます。なんぞ、どうしでも、どうしでも、答えを見つけたいことがあるもんが、山の神さま、野の神さま、風の神さま、お天道さま、水の神さま方に誓いを立てて、そのご加護《かご》を願うんでごぜぇますよ」

小母さんの声が、かすかに掠れた。

「……たいがいが、哀れなもんで。不幸な目にあって、どうしようものうなって、そんでも生きる道を見つけだくで、誓いを立てるんでごぜぇますよ。なんちゅうか、真っ直ぐなもんを胸ン中にもっておって、それしかねぇって道を行ぐ、哀れなもんで」

小母さんは、時折揺すり上げてくれながら、話し続けた。

「懐に青香草を抱いで……誓いの徴《しるし》のね、青香草を抱いで、妻も娶らず、家族ももたず、ひとぉりで、生ぎていぐんですわ。ただただ、ひとぉりで、生ぎていぐんですわ」

青い森の奥へ、奥へ、歩み入っていく老人の後ろ姿と、その背に躍っていた木漏れ陽《こもれび》が、目に浮かんだ。

「リタランは、顔を見られるのがきらいなの？」

つぶやくと、

「ああ」

と、小母さんは、ため息をついた。

「嫌いっちゅうこともねぇでしょうが、リタランは、あん人はリタランじゃ、と、言われるのを好かんもんです。――誓いっちゅうもんは、ひっそりと立てるもんで。外から、あれやこれや言われるのは、嫌なもんでしょうけ」

家のそばまで来たとき、母が大きな声を上げ、手をふりながら駆け寄って来た。小母さんからアイシャを抱きとって、ぎゅっと抱きしめてくれた。

母は涙を流しながら、長く無言で、ただ抱きしめていた。

たくさん叱られたが、叱られたことより、きれいな青い花が咲き乱れている、泉が湧いている草地で、リタランのお爺さんに助けられたと話したとき、母が、

「ああ……だから青香草の香りがするのね」

と、つぶやいた、その顔が、なぜか強く印象に残った。

ギュークチの天幕の中で、青香草の香りを嗅いだときは、不思議な気がした。青香草の香りを纏って立っていたマシュウは、他の男らから浮き上がって見えた。大勢の中にいるのに、たったひとりで立っているように見えた。

(あの人は)

何を探しているのだろう。──どんな不幸があったのだろう。

(……私に)

何をさせたいのだろう。

ぽつ、ぽつ、と、中身の見えない不安を語るじぃやの声を聞きながら、アイシャは、ぼんやりと、澄んだ泉の香りと、青い光のような青香草の香りを思い出していた。

# 第二章　オリエ

## 一、香君宮

馬車から降り立つと、風が髪をなぶり、衣をはためかせた。

土と木々の香りがした。いがらっぽい煙の匂い、鉄と馬と人々が醸《かも》しだす匂いも混じっていたが、延々と続く帝都の道を行く間嗅いでいた匂いとはまるで違う、荒々しい山の匂いが心地よかった。

馬車の背後をまわって王宮がある側に出たとたん、アイシャは息を飲んだ。

青い空のもと、この季節でも白い雪を頂いている山脈を背に、その雪の色と見紛《みまが》うばかりに白い、巨大な宮殿が聳《そび》え立っている。

深い堀の向こう側、視界の果てまでなだらかに続いている丘陵《きゅうりょう》全体が王宮の敷地であるらしく、丘の中腹を堅固《けんご》な壁が取り囲み、その上を蟻のような黒点が移動していた。警護の兵なのだろうが、壁があまりにも巨大なので、人とは思えぬほど小さく見える。

王宮の正門へと続く石段も、数十人が横に並んでも悠々《ゆうゆう》と上って行くことができるほどの幅があった。石段の両脇には、数段おきに槍を持った衛兵が鎧兜《よろいかぶと》を輝かせて立っている。

丘陵の西の端には、青みを帯びた塔《とう》があった。

かなり遠くにあるのでよく見えないが、何の石で造られているのか、淡い光を放っているように見えた。

「あの青い塔が〈風香《ふうか》ノ塔《とう》〉よ」

御者《ぎょしゃ》に何か告げてから、戻ってきた女人が、落ち着いた声で教えてくれた。

「香君さまは度々あの塔の天辺《てっぺん》にお立ちになって、風の香りから、四方《よも》の気象の移ろいを感じておられるのよ。あの塔の横に香君さまがお住まいになっておられる宮殿がある。王宮の正門から入るから、私の後についてきて」

ミジマという名のその人は、それだけ言うと、先に立って堀に架かっている跳《は》ね橋を渡り始めた。

帝都に着いて四日ほど、アイシャはミルチャとじいやが今後暮らしていく農場に滞在《たいざい》して長旅の疲れを癒していたのだが、昨日の夕方ミジマがやって来てからは急に忙しくなった。

「はじめまして。私はミジマ＝オルカシュガと申します」

夕焼けの光がたゆたう農場の戸口に立ち、そう挨拶《あいさつ》した女人は小柄ながら動作が機敏《きびん》で、顔も手も真っ黒に日焼けしていたので、アイシャは最初、交易の民が商品の売り込みにでも来たのかと思った。

しかし、話し始めたとたん、その印象は一変した。

「私は香君宮に仕える上級香使です。マシュウさまから、貴女さまが〈リアの菜園〉へ入園なさるまでのお世話をするよう申しつかって参りました。

〈リアの菜園〉で働くということは、香君さまにお仕えすることを意味します。ですから、まずは、香君さまに拝礼《はいれい》をせねばなりません。

参拝用の衣装を用意してありますから、身を清めて、それを纏って香君宮に参詣《さんけい》していただきます。拝礼の作法などもお教え致します」

簡潔明瞭《かんけつめいりょう》なその話し方は、彼女が有能な官吏《かんり》であることを感じさせ、アイシャは、ミジマの姓オルカシュガが傍系《オル》のカシュガ家という意味であることに気がついた。

奥の部屋で、ふたりだけになると、ミジマは香君宮の成り立ちや、拝礼の作法、〈リアの菜園〉での仕事の内容などを細かく教えてくれた。

「それから、これは大事なことなので、しっかりと心に刻み込んでいただきたいのですが、貴女さまは〈幽谷ノ民《マキシ》〉のアイシャ＝ロリキ、マシュウさまの母方の従妹《いとこ》ということになっています」

アイシャが、え、と、声を上げると、ミジマはゆっくりと噛んで含めるように言った。

「〈リアの菜園〉はカシュガ家の縁者以外、立ち入ることを許されていません。マシュウさまの母方の親族であれば、かろうじて縁者ではあるので、異例ではあっても周囲を納得させることは出来ますから。……ただ」

ミジマは声を低めた。

「ひとつ、気をつけねばならぬことがあります。これは微妙《びみょう》な事柄なので、心に留めておくだけで、決して他言せぬよう気をつけていただきたいのですが、新カシュガ家の御当主で、富国ノ大臣であられるイールさま——マシュウさまの御兄上さま——は、マシュウさまに、あまり良い感情をもっておられません。というより、警戒しておられると言った方がいいかもしれません。

その理由は、必要があればマシュウさまが説明してくださると思いますが、〈リアの菜園〉には新カシュガ家から送られて来ている者もおります。彼らから、どういう事情で〈リアの菜園〉に来ることになったのかと尋ねられたら、西カンタルのために〈リアの菜園〉で学ぶようにと言われて来た、とだけ答えて、それ以上はどう問われても、本当に何も知らないのだと感じさせるよう努めてください」

マシュウの意図がうっすらと見えたような気がしたので、

「つまり、マシュウさんは藩王国視察官の仕事のために、私を〈リアの菜園〉に送りこんだのだと感じさせせろ、ということですか？」

と、尋ねると、ミジマは驚いた顔になった。

ミジマは、しばらくアイシャを見つめていたが、やがて、それまで浮かべていた、どこか堅いものを含んだ表情が、ふっと和らいだ。

「お察しの通りです。簡単にご説明致しますと、西カンタルの安定のためには、頑なにオアレ稲を拒んでいる〈幽谷ノ民《マキシ》〉を帝国側につける必要があるので、そのための施策のひとつなのだろうと匂わせることで、新カシュガ家側の疑念をかわすのです」

アイシャはうなずいた。

「わかりました。でも、それなら、私も裏の事情を知っておきたいです。でないと、うまく嘘をつけません」

ミジマは微笑んだ。

「そうですね。必要と思われることはお話ししておきましょう。——あ、それから、今後は、私は貴女さまの上司のような立場になりますので、貴女さまに対して、敬語は使いません。西カンタルの王族の血をひいておられるそうですから、ご不快に思われるかもしれませんが」

アイシャは首をふった。

「故郷にいたときも、敬語を使われることはほとんどありませんでした。お気になさらないでください」

深い堀に架かっている橋を渡り、石段をどんどん登って行くミジマの後を追っていると、下の方から鈴の音が聞こえてきた。

「アイシャ、そこで止まって、跪《ひざまず》いて」

ミジマに声をかけられ、アイシャは立ち止まり、冷たい石段に跪いた。

堀の向こう側に大きな馬車が二台停まっていた。

ひとつの馬車の荷台には、金糸で煌《きら》びやかな文様《もんよう》を縫い付けた輿《こし》が載っている。従者たちがその輿をおろし、馬車から降りて来た貴人を乗せて、担ぎあげた。

従者たちに担がれた輿が橋を渡り、石段を上がって来ると、従者たちの汗の匂いに混じって、ふわっと何かお香のような匂いが漂ってきた。

アイシャは頭を下げて、その輿が通り過ぎるのを待った。

輿は正門のところで一度止まったが、衛兵は輿の窓から中をちらっと見ただけで、すぐに敬礼をして輿を通した。

輿が正門の中に消えるのを見届けて、アイシャは再び登りはじめた。

正門に近づくと、門の両脇に立っていた衛兵が手を挙《あ》げて、止まれ、という仕草をした。

ミジマが首から下げていた薄い金属の板を衛兵たちに見せながら、アイシャについて説明している声が聞こえてきた。

衛兵がひとり降りて来て、アイシャの前に立ち、

「両手を挙げて、動くな」

と、言った。

そして、素早く、しかし、丹念にアイシャの身体を衣の上から探った。

危険な物は何も持っていないのに、そうされると、何か見つかってしまうような不安がこみ上げてきたが、アイシャは平静な面持ちを装った。

やがて、衛兵は短く、

「よし。行け」

と、言った。

残りの石段を上がってミジマの隣に立つと、アイシャは、つめていた息を吐きだした。螺鈿細工《らでんざいく》で飾られた美しい正門をくぐると、それまでとはまったく違う、やわらかな風に包まれた。

目の前に広大な緑の庭園が広がっている。左右にふたつ大きな噴水《ふんすい》があり、水が噴きあがって、きらきらと光を弾《はじ》いていた。

噴水というものがあると聞いたことはあったが、実際に見るのは初めてだった。地中

から水が噴き上げているのに、周囲に溢れ出る気配がないのが不思議で、いったいどういう仕掛けになっているのだろう、と、つい足を止めて見とれてしまった。

四方を覆っている高い壁が寒風を遮り、陽の光が燦々《さんさん》と降り注いで、木々の緑を輝かせている。

正門をくぐってもなお、王宮は遥か遠くに聳えて見えるが、その全体を目の当たりにして、アイシャは目を丸くした。

下から見上げていたときは、ただ雪のように白いと思っていた宮殿は、ここまで来ると、建物の下の部分に金色で繊細な模様が施されていることが見て取れた。

遠くからでも、それが稲穂の模様であることはわかった。

たわわに実った金色の稲が見事な技で描かれ、風にさわさわと揺れる稲穂の上に、白《はく》堊《あ》の宮殿が聳えているように見えた。

目の前に広がる緑の庭園は、アイシャの故郷の市場ほどの広さがあり、そこを歩いている人たちはみな、虫のように小さく見える。

先程の輿は正門の少し先で下ろされ、貴人がそこで輿から下り、庭園で待機していた馬車に乗り換えていた。

庭園を貫いている真直ぐな広い道を馬車が走りだすと、道を歩いていた人々は立ち止まり、ある者は頭を下げ、ある者は跪いて、馬車を見送った。

ミジマがささやいた。

「あの御方が、イール＝カシュガさまよ」

アイシャは驚いて、王宮へ向かって進んでいく馬車を見つめた。

姿はちらっとしか見えなかったが、イール＝カシュガは、これまで聞いていた話から想像していた人物とはまったく異なっていたからだ。

背が高く、精悍な感じのその姿は、なるほど、マシュウに少し似ていた。

「もっとお年の方かと思っていました」

「まだ三十代。――たいへんな切れ者よ」

小声でそう言ってから、ミジマは、アイシャに、ついて来るよう促《うなが》して歩き始めた。

王宮に向かう道から香君宮へ向かう道へ曲がり、やがて、青く彩色された門をくぐると、風景がまた一変した。

道の両脇に様々な花木が植えられていて、蜂や小さな虫たちが飛び交っている。

その花木の香りに包まれたとき、アイシャは着慣れた衣を纏ったような安らぎを覚えた。植えられている木々が故郷の木々と似ているからなのだろう。

香君宮の庭も広大だが、草木が鬱蒼《うっそう》と茂っているので、庭園というより、山の中を歩いているようだった。

ところどころに陽の当たる草地があり、そういう所には必ず、白い衣を纏って、香君宮の方に額《ぬか》ずいている人々がいた。帝国の各地から、豊作を祈りにやって来ている参拝者だ。故郷の西カンタルから来ている人もいるのかもしれない。

予めミジマから教えてもらっていたので、アイシャは目を伏せて、その傍らを静かに通り過ぎた。

香君宮の敷地内に多くの人がいることは香りから感じられるのに、あまりにも静かなので、歩き続けるうちに胸を圧せられるような感覚をおぼえ始めたが、あるところまで来ると、目に見えぬ壁を抜けたかのように香りが変わった。

これまで辿って来た道はここで三本に分かれ、それぞれの道が木立の中へと消えていた。ミジマはアイシャの前で立ち止まると、顔を伏せた。

（……あ、ここが）

アイシャは、農場で、ミジマが教えてくれたことを思い出した。

——初めて香君宮に参詣する者は、途中から、自ら道を選ばねばなりません。〈静かな道〉と呼ばれる参道で、道は途中、何度も枝分かれしていきますが、最終的には、すべて香君宮に至りますので、心配はせぬように。

何のためにその様なことをするのですか、と尋ねたが、ミジマは、それが参詣の作法です、としか答えてくれなかった。

顔を伏せているミジマの横を通って、アイシャは一本の道に入った。どの道にしようかと迷うことはなかった。――その道の奥の方から青香草の香りが漂って来ていたからだ。

アイシャがその道に足を踏み入れると、ミジマが後に続いた。

青香草はどこか遠いところで咲いているらしく、香りはかすかだったが、か細く光る蜘蛛《くも》の糸のように風に乗って、木々の間をふわふわと漂って来る。

青香草は、花だけでなく、その葉も茎《くき》も、独特の、すうっとする香りがする。一度嗅いだら、決して忘れられない香りだった。

隣の道から離れて行くにつれて、青香草の香りは濃くなっていった。周囲の木々の種類が変わって来たと思ったとき、道がまた三つに分かれた。

青香草の香りが濃い方の道を選んで進むと、やがて、小さな泉が現れた。泉の周りには、陽射しが降り注ぐ明るい草地があり、見覚えのある花が咲いていた。

（……青香草）

その可憐《かれん》な青い花は、陽だまりの中で輝いて見えた。

道は青香草の生える草地を越えて、木立の奥へと続いている。そこに足を踏み入れると、また、これまでとは香りが変わった。

木漏れ陽が緑の葉をちらちらと輝かせている中を歩くうちに、アイシャは夢を見ているような心地になった。

木々のそれぞれ、草花のそれぞれ、苔《こけ》やキノコなどから漂ってくる香りが緩やかに織り合わされているのだが、その香りの声のやり取りが、心地よい調べとなって全身を包み、肌を優しくなでる。とても穏やかで、とても静かだった。

それはほんの一瞬で、そこを過ぎると不協和音も現れるのだけれど、また途轍もなく心地よい場所が現れる。

その繰り返しを味わいながら、アイシャは分かれ道に来るたびに心地よい香りがする方の道を選び、次の道も選び、そして、光の中へと歩みでた。

そこは白砂の砂地だった。

その白い砂地に囲まれて、なだらかな丘を思わせる屋根をもつ巨大な白堊の宮が聳え立ち、その横に青く輝く塔が立っている。

初めは塔に目を奪われたが、視線を宮に向けて、アイシャは、はっとした。

(青香草?)

王宮の壁に稲穂が描かれていたように、香君宮の白壁の下半分にも見事な彩色画が描かれている。緑の茎から青い花が咲いているその絵は、幼い頃に見た青香草が咲き乱れる光景を思わせた。

あれは青香草なのでしょうか、と、ミジマに尋ねようとふり返って、アイシャは驚いた。ミジマが青ざめた顔でこちらを見つめていたからだ。

どうしたのか、と問おうとして、香君宮の敷地内では誰かに何か問われぬ限り決して口を開いてはならないと言われていたことを思い出し、アイシャは言葉を飲み込んだ。

ミジマは何かをふり払おうとするように、ひとつ息をつくと、黙ってアイシャの脇を通り過ぎ、また、前に立って歩き始めた。

香君宮に近づくにつれて、香りが鎮まっていくのをアイシャは感じていた。

先程までの森の、あの満ち足りた静けさとは違う、無音を思わせる静けさだった。

香君宮を取り巻いている砂地は見事に掃《は》き清められていて、動くものが見えない。生き物がごく少ないこの砂地では香りがとても静かだった。

（砂地だからだわ）

そのことが、アイシャはなんだか、うれしかった。

（香君さまも、香りがうるさいとお感じになるのかしら）

香りがうるさいと説明したときの、じぃやの顔が目に浮かんだ。

これまでずっと、その感覚をわかってもらえずに生きて来た。

自分だけが変なのだろう、と思って生きて来たけれど、香君さまも同じように感じておられるのだとすれば、この感覚は自分ひとりのものではないのだ。

ようやく辿り着いた香君宮の玄関は、建物の巨大さからすると異様に見えるほど小さくて、しっかりと扉《とびら》が閉まっていた。

扉の前に立って、ミジマが扉の脇の紐《ひも》を引くと、扉の内側から、誰何《すいか》する声が聞こえてきた。

「ミジマ＝オルカシュガでございます」

と、ミジマが答えると、軋《きし》む音すらたてず扉が開き、中からふたりの女人が現われて頭を下げ、ミジマとアイシャを中に導き入れた。

玄関を入ったところは両側に門衛の待機所があるだけの質素《しっそ》な造りで、その奥に狭《せま》い通路があった。頭を下げているふたりの女人の間を抜けて、ミジマの背を見ながら狭い通路を進み、広間に出たとたん、アイシャは思わず、ぽかんと口を開けてしまった。

そこは広大な空間だった。

遥かな天窓から、淡い緑や青、そして、柔《やわ》らかな黄色の光が降り注いでいる。

広間は薄暗く、天窓の繊細な色硝子《ガラス》を通して降りそそぐ光の中を歩いていると、深い森の底で木漏れ陽を浴びているような心地になった。

その広間には家具も調度品も置かれていなかった。

ただただ広い空間の向こうに、一段高い所があり、天井《てんじょう》から吊《つ》り下げられた巨大な御《み》簾《す》で覆われている。

この広間は、香りが単調で薄く、それゆえに香りあるものが際立って感じられる。宮に入ったときから気づいていたが、この広間にも青香草の香りが漂っていた。

ミジマが足を止めて、跪いた。アイシャはその背後で跪き、額を冷たい床につけた。

御簾の奥で香りが揺らめき、遥か奥の方で扉が開いたのをアイシャは感じた。

とたんに、青香草の香りが濃厚になった。

青香草の香りに縁《ふち》どられた人の姿が御簾の向こう側をゆっくりと歩き、椅子に腰を下ろすのを、アイシャは目で見るよりもはっきりと感じていた。

いま、あそこに神がおられる。

そう思った瞬間、胃が喉元までせりあがって来るような緊張につかまれ、頭皮から足のつま先まで、全身が冷たく痺れた。

リーン、と鈴の音が鳴った。

と、ミジマが口を開いた。

「……慈悲《じひ》深き御神、香君さま。香使のミジマが拝謁《はいえつ》を希《ねが》い奉《たてまつ》ります」

ミジマの声は虚《うつ》ろに響き、広間の薄闇に吸い込まれていく。

御簾の向こうの人影は答えなかったが、リーン、と再び鈴が鳴った。

ミジマが凜《りん》とした声で言上《ごんじょう》した。

「私の背後で額ずいております者はアイシャ＝ロリキでございます。この度、〈リアの菜園〉にて働くこととなりましたので、拝礼させるため、連れて参りました」

御簾の向こうの香君さまの香りが、かすかに変化した。

それまでの穏やかな香りから、興味を覚えたことを感じさせる香りに変わったのだ。

神が、いま、こちらを見ておられる。

その眼差しを感じて、アイシャはふるえた。

と、ミジマが小さく床を指で叩《たた》く音が聞こえ、アイシャは我に返り、ミジマに教えられた通り、ゆっくりと言上した。

「慈悲深き御神、香君さま、アイシャ＝ロリキが拝謁を希い奉ります」

いったん声を出すと心の揺れが収まってきた。アイシャは自分の声が、かすかに反響しながら広間を渡っていくのを聞きながら、言葉を継いだ。

「香君さまのご加護を多くの人に伝え、人々を救うために、この身を捧げる所存でございます。何卒《なにとぞ》、私の奉仕をお許しくださいませ」

その言葉を口にしたとたん、唐突《とうとつ》に不思議な思いが心に浮かんだ。――そういう人生を歩むために自分は生まれてきたのではないか――という思いだった。

ここを訪れたのは、〈リアの菜園〉で暮らす許しを得るため――身を隠して生き延びるためだ。今しがたまでそう思っていたのに、不意に、それとはまったく違う、澄んだ思いが静かに湧き出してきたのだ。

香君さまが、じっとこちらを見つめていることが痛いほど感じられたが、御簾の向こう側は静まり返っていた。

やがて、リーン、リーン、リーン、と鈴が三度鳴った。香君さまが奉仕を御嘉納《ごかのう》になった徴の鈴の音だった。

その音が広間全体に響いて消えていくと、香君さまが、立ち上がる気配が感じられた。香君さまが扉の向こうに消え、扉が閉じられた後も、青香草の香りは残り、薄暗い広間に静かに漂っていた。

香君宮を出ると、身体から何かが抜け落ちてしまったかのようにだるくなり、アイシャはミジマの後ろ姿をぼんやりと見ながら歩き続けた。

香君宮の庭園を抜け、少し正気が戻って来たとき、アイシャはふと、ミジマが何か思い悩む香りを放っていることに気がついた。正門をくぐり、王宮の敷地の外に出ても、ミジマは硬い表情で黙ったままで、ぴんと張り詰めた香りを放っている。

馬車に戻り、向かい合って座ったとき、思い切って声をかけようとすると、ミジマが先に口を開き、切りこむように言った。

「あなた、〈静かな道〉の辿り方を、マシュウさまから教えられていたの？」

つかのま何を言われているのかわからず、アイシャは瞬きした。

「いいえ。何も教わっていません」

ミジマは目を細めた。

「では、なぜ、あの道を選んだの？」

ミジマはきつい表情をしていたが、彼女から滲《にじ》み出ている香りには、怒りというより、恐れと疑念が感じられた。

アイシャはミジマを見つめ返して答えた。

「私が好きな花の香りがしたからです」

「……好きな花？　なんの花？」

「青香草です」

「青、香草？」

その言い方にアイシャは戸惑った。

「青香草、ご存知ですよね？」

ミジマは首をふった。

「知らないわ」

「え、でも、香君宮の外壁に描かれていたの、青香草だと思うのですけど」

ミジマは、わずかに目を見開いた。

「あの花のことを言っているの？」

「ええ、そっくりです。あの絵を見たとき、それをミジマさんに聞いてみたいと思ったんですけど……」

動悸《どうき》が高まっているのだろう。ミジマから漂って来る香りが一層強くなった。

香りが示している興奮《こうふん》とは裏腹の静かな声で、ミジマは言った。

「あれは〈涙ノ花〉よ。初代の香君さまが、飢えた民を憐れんで流した涙から生まれたと伝えられている花だけれど、私は本物を見たことはないわ」

「〈涙ノ花〉？」

ここでは、青香草をそう呼ぶのか、と思いながら、アイシャは首を傾げた。

「あの、途中、泉が湧いていたところがありましたよね？」

「ええ」

「あそこの草地に生えていましたよ。青い花が咲いていました。お気づきになりませんんでしたか？」

ミジマは首をふった。

「気づかなかったわ。……それに、これまで、あの道を通ったことはなかったし」

そう言って、しばらくミジマは黙っていたが、やがて、目を細めた。

「でも、あそこは、もう香君宮に近い辺りだったわよね？　最初の分かれ道を選んだときはまだ、そんな花の匂いなんてしてなかったでしょう？」

言われる前に、そう言われるかもしれない、という思いが頭をかすめていた。

多分、ミジマには、最初の分かれ道の辺りでは遠過ぎて、青香草の香りを感じられなかったのだろう。だとすれば、奇異なことを言うと思われるだろうし、信じてもらえないかもしれない。

それでも、あの道を選んだ訳を偽《いつわ》るのは嫌だった。

あの道は本当に〈静かな道〉だった。いま思い返しても心に透明な光が広がる。それほどに美しく、静かな道だった。

アイシャはミジマを真直ぐに見つめて、答えた。

「それでも、私には匂ったんです。青香草は葉っぱも茎も、独特な香りがあるので。私は、その香りがする道を選んだだけです」

何を考えているのか、ミジマは黙ったまま、何も見えていないような目で、こちらを見ている。

「私は、何か、してはならないことをしてしまったんでしょうか？」

と、聞くと、ミジマはゆっくりと首をふった。

「いいえ」

声が掠れていた。

「では、何を気にしておられるんですか？」

しばらく、ミジマは黙っていたが、やがて、

「……あなたが、あまりにも迷いなく道を選んで進んで行ったから、マシュウさまが決まりを破って、あなたに何か予め教えてしまったのか、と思ったの」

と、言った。そして、こわばった顔に笑みを浮かべた。

「ごめんなさいね、もう、気にしないで。あなたは何も間違ったことはしていないわ」

小さくため息をつき、ミジマは低く掠れた声で続けた。

「疲れたでしょう。私も疲れたわ。農場に着くまで、少し休みましょう」

そう言うと、ミジマは背もたれに背をつけて目をつぶった。

ミジマはそのまま目を開けることなく、眠りを装っていたが、その身からは、相変わらず混乱し、思い悩んでいる香りが強く発散されていた。

## 二、オリエ

標本箱を運んできた下僕《げぼく》が、目を合わさぬよう俯《うつむ》いたまま、

「ここで、よろしゅうございますか」

と、言った。

「ええ、そこでいいわ」

オリエが答えると、下僕は深くお辞儀《じぎ》をし、こちらに背を向けぬよう、そのまま後退《あとずさ》りし始めた。

「あ、部屋から出る前に、そこの高い窓を少し開けてくださる？　東側の」

その丁寧《ていねい》な言い方に驚いたらしく、下僕は思わずちょっと顔を上げかけて、慌ててまた俯いた。ここで働き始めてまだ日が浅いのだろう。初めて見る若者だった。

「……仰《おお》せの通りに」

うわずった声で答えるや、若者は先に鉤《かぎ》がついている長い竿《さお》を手にとって高窓に近づいた。竿を高く掲げて、先端の鉤を窓枠についている金具に引っ掛けようとしたが、竿の先が震えてなかなか鉤が穴にかからない。カチカチと鉤が窓枠にぶつかる音がしている。

「落ち着いて。焦《あせ》らなくてよいから、ゆっくりと……」

思わず声をかけると、下僕の若者は、

「……はい！　申しわけございません！」

と、緊張しきった声で言い、一度手の汗を腰の辺りで拭うと、また、鉤竿を高く掲げた。

ようやく窓が開いたときは、下僕と一緒に、オリエも思わずほっと息をついてしまった。

「大変だったわね」

声をかけると、若者は真っ赤な顔で俯き、また、申しわけございません、と謝った。

「謝らなくていいのよ、このくらいのことで」

下僕の若者は、は、と頭を下げ、

「ほ、他に御用はございませんでしょうか」

と、かすれ声で言った。

オリエは微笑んで、

「これで大丈夫」

と、答えた。

西側の高窓も少し開いているので、すうっと風が通り、外に咲いている仙座紅《せんざこう》の花の香りが忍び込んできた。

「ああ、いい香りね」

つぶやくと、下僕は、答えるべきか、それとも黙って下がって良いのか迷う様子で身動きをとめた。

可哀想になって、オリエは穏やかな声で、

「下がっていいわ」

と、言った。下僕は、そそくさとお辞儀をし、後退りして部屋から出て行った。

下僕がいなくなると、とたんに、広い部屋が静かになった。

昼下がりの光が高窓から射し込み、長い机と、その上に置かれた標本箱を白く浮かび上がらせている。

その箱の蓋《ふた》に手を当てたまま、オリエはしばらく、若者の戸惑いと緊張のことを思っていた。

長い年月、人々があああして緊張するのを見てきた。

オリエを前にして、緊張をしない者は数えるほどしかいないのだから、慣れて、何も感じなくなってもいいようなものだが、今もなお、人々の緊張を目にするたびに、後ろめたさを伴った落ち着かぬ心地になる。

オリエは、リグダール藩王国の貴族の家に生まれた。父は山間《やまあい》の盆地ティラを治める小貴族に過ぎず、母はその家に奉公に来ていた村の娘だった。

その実の母はオリエが五つの時に流行り病で亡くなったが、父は優しい人だったし、父が後に正式に娶った妻もまた大らかな人で、オリエを自分の子らと分け隔《へだ》てなく可愛がって育ててくれた。

父が治めていたティラは、気候風土は厳しいところだったけれど、領民との絆《きずな》は深く、厳しい暮らしを皆で力を合わせて乗り切っていた。

オリエも幼い頃は、領民の子らと一緒に毎日のように里山に入り、日が暮れるまで遊んだものだ。やがて、七つ、八つになると、領民の大人たちに教えられて薬草を探したり、仕事の手伝いをしたり、多くの時間を領民と共に過ごした。

そんな日々が突然終わりを告げたのは、十三の時だった。

毎年、秋になると旅芸人の一団が領都アガボイにやって来た。

領都といっても、村に毛が生えたような小さな町だが、それでも交易市が立つ度に近隣の村々から人々が集まって来たし、その人々を目当てに旅芸人もやって来て、秋祭りを盛り上げていた。

オリエが十三になった年は、ちょうど、帝国の活神《いきがみ》〈香君さま〉が神去りされてから十三年後の〈再来の年〉であり、秋祭りもいつもよりずっと盛大だったし、遠い帝都から貴人が来るかもしれないという噂《うわさ》があって、領都全体が浮き立っていた。

祭りの日には使者を送り〈再来〉の儀礼を行うので、今年十三歳になった娘を広場に集めよというお達しが〈香君宮〉から届いた、という話を父から聞いたのは、祭りの二、三日前だっただろうか。

随分急な話だが、何しろ帝都からは遠いから、この時期に文書が届いただけでも良かった。いまなら領民全体に通達できる、と父が言っていたのを覚えている。

そういえば、おまえも十三になったのではないか、と、思い出したように父が言い、あらまあ、そうだわ！　では、祭り衣装ではだめね。正装を長持ちから出して、日に干して樟脳《しょうのう》の匂いを飛ばしてちょうだい、と義母《はは》が大慌てで侍女《じじょ》たちに申し付けた、その様子も覚えている。よく晴れた日で、居間の窓も大きく開け放たれていて、秋の透明な陽射しが床を照らしていた。

今思えば、父も義母も、何のために十三歳の者が集められるのか知っていたのだろうが、それは話題にのぼらなかった。

香君宮からのお達しをあれこれ推測するのは恐れ多いから、というより、多分、気にしていなかったのだろう。自分たちと関わりがあることだとは夢にも思っておらず、ただただ恙《つつが》なく、大切な行事が終わるようにしなくてはと、それだけを考えていたのだ。

祭りの日、広場に集まった十三歳の娘は、オリエを含めて二十人ほどで、顔見知りの者も多かった。

祭りの最中だったから、広場の中央には大きな櫓が立てられていた。

櫓は秋の花と栗の実などで綺麗《きれい》に飾られ、天辺に据えられたススキを束《たば》ねた山の神さまの依《よ》り代《しろ》が、風が吹くたびに淡く輝きながら揺れていた。

いつもならば、その櫓を取り囲むように屋台などが並び、様々な物産が売られるのだが、その日は広場を雑多な物で穢《けが》さぬように、物売りの場所は広場から離れた街道沿いの空き地に移されていた。広場はきれいに掃き清められ、周囲に縄が張られて、領民たちはその縄の内側に入ることを許されなかった。

父と義母、弟妹たち、家臣たちは、日除けの下に座っており、集められた十三歳の娘たちは、その前に整列させられていた。

娘たちはみな、不安と期待が入り混じった落ち着かぬ顔をしていた。

何かさせられるのかしら、とか、何かもらえるのかも、などと囁き合っていると、風に乗って遠くから笛の音が聞こえ始めた。

やがて、笛の音がはっきりと響き始め、道の両脇に並んで見守る人々の間を抜けて、金糸銀糸で織られた豪奢《ごうしゃ》な旗《はた》を掲げた行列がやってきた。何かの花をあしらったその美しい旗が香君の御旗《みはた》であることは、後に知った。

その人々が現れただけで、辺りが、ふわっと明るくなったような気がした。

見たこともない奇妙な、しかし、恐ろしく高価であろうことはわかる衣装を纏った人々が広場に入ってくると、父と義母が日除けの下から出ていって、彼らを出迎えた。

それから始まった長々しい儀式のことは、あまり覚えていない。ただ、ひとつだけ、心に焼きつき、忘れることの出来ない儀式があった。

「十三歳の者たち、ここへ参れ」

香君宮の使者に命じられて、オリエは皆と一緒に、彼が指さしている場所まで進みでた。使者の従者たちが、小声で一列に並ぶよう教えてくれて、使者の前に整列すると、使者が手に持っていた細い布をひとりひとりに手渡していった。

これで何をするのか、と思っていると、使者が、広場にいる人々に聞こえるほど朗々とした声で、

「これより〈御霊探《みたまさが》し〉をとり行う。皆、その場に座り、声を出さず、静粛《せいしゅく》に、ただただ成り行きを見守るように！」

と、言った。

そして、オリエたちに、静かな声で言った。

「その布で目隠しをせよ。しっかり目を隠し、頭の後ろで結べ」

ドキドキしながら言われるままに目隠しをすると、誰かが近寄ってきて、結び目を確かめた。目の前で手を振ったような気配があったが、影が揺れたような気がしただけで、見えはしなかった。

やがて、使者の声が聞こえてきた。

抑揚《よくよう》をつけ、朗々と響く声で、使者は語り始めた。

「衆生を救う活神さま、香君さまは、
　一代の身を脱ぎ捨てて、女の胎《はら》に宿りたまい、
この世に生まれ直されて、はや十三年、
　健《すこ》やかに、健やかに育ちたもうて、呼びかけを待つ。
我ら、親しき香りにて、愛おしき御霊を呼び覚まさん！」

その声が消え、広場が静まり返ったとき、使者が近づいてくる気配があって、凛とした声が聞こえた。

「これから、そなたらの前に、ある物が並べられる。並べられた物が何であるか、香りを嗅いで、答えよ」

隣の子が、え？　と小さく声を上げた。オリエも、あやうく、声を上げかけて、すんでのところで思いとどまった。

まさか、こんなことをさせられるとは思ってもいなかったが、むかし、父から、帝都の香君宮におられる活神さまは、お身体が老いると、古くなったお身体を捨てて、善《よ》き女の胎に宿り、新しい身体を纏って生まれ変わられるのだ、と聞いたことはあった。

そのときは、脱皮《だっぴ》みたいなこと？　と聞いて、罰当たりなことを言ってはならないと厳しく叱られたのだった。

香君さまが何処に生まれ変わられたかは、誰にもわからない。

しかし、〈再来の年〉が訪れると、大香使が夢でお告げを受けた場所を探して廻《まわ》り、十三歳になられた香君さまを見つけ出すのだそうだ、と父は教えてくれた。

（……十三歳になられた香君）

いま、何が行われているのかが、突然わかって、オリエは鼓動が速くなるのを感じた。一緒に並んでいる子どもたちの中に、香君さまがおられるのかもしれない、と思うと、肌がきゅっと引き締まるような不思議な気持ちが湧きあがって来た。

（すごい！　誰なのだろう？）

「香君さま」

背後から呼ばれて、オリエは、はっと、物思いから覚めた。

ふり返ると、ラーオ師が穏やかな笑みを浮かべて立っていた。

「ああ、びっくりした！」

胸に手をあてて、オリエは言った。

「猫でも、師よりは気配がありますよ！」

それを聞くや、ラーオ師はうれしそうに、はっはっは！　と声を上げて笑った。

「や、そうですか！　それは、ありがたいお言葉だ。私も、まだまだ身のこなしは衰《おとろ》えておらんということですな」

扉が開く音はしなかった。となると、ラーオ師は最初から、この広大な香君宮内標本部屋のどこかにいたのだろう。

「いつからおられたのです？」

ラーオ師は部屋の片隅の、標本箱がたくさん積みあがっている辺りをちょっと手で示した。

「今朝から、ずっとあそこにいましたよ。貴女おひとりになってから声をかけようと思っていたのだが……」

そう言って、ちょっと言葉をきり、オリエの顔を見つめた。

「ここへいらっしゃるのは久しぶりですな。なにか、気にかかることがおありですか。考え事をしておられたようだが」

オリエは苦笑した。

「ああ、いえ、ちょっと昔のことを思い出していただけです」

ラーオ師は少しの間、オリエの顔を見ていたが、やがて、視線を標本箱に落とした。

「ヨマ類の標本か。なぜ、これを？」

ヨマは、虫害に強いオアレ稲につく唯一の害虫だ。オアレ稲につくといっても、出穂《しゅっすい》までにはオアレ稲に負けて、ほとんどが地に落ちて死んでしまうので、被害が出ることは、まずないのだが、少し弱っているオアレ稲はやられてしまうことがあるので、見つけたら駆除《くじょ》せねばならなかった。

ヨマには、小型のコヨマ、赤い翅《はね》をもつアカヨマなど、いくつかの種類がある。それらを集めた標本と、その下に描かれている、それぞれの虫の生態の図解を眺めながら、オリエはため息をついた。

「ヨマの卵に似ているけれど、見たことがないほど大きな卵がオアレ稲の根元についていたので、どのヨマの卵かしらと思って探していたのですけど、似たものがなくて」

ラーオ師は眉を上げた。

「どこでご覧になったのですか」

「この間の〈青稲《あおいね》ノ風《かぜ》〉儀礼のときに、ちょっと気になって」

「この間、というと、オゴダ藩王国のラパ地方の水田？」

「ええ」

稲が青く葉を伸ばし始める時季に、オアレ稲の栽培地の周囲をゆっくりと巡り歩きながら風の匂いを嗅ぎ、どのような災いが潜んでいるかを嗅ぎ当てて、民に告げる〈青稲ノ風〉儀礼は、香君の大切な仕事のひとつだ。

どの地方の、どの栽培地を訪れるかは年によって異なり、帝都に近い稲作地帯だけでなく、遠い藩王国の栽培地を訪れることもある。

オリエは三日前に、〈青稲ノ風〉の儀礼行《ぎれいこう》から帰宮したばかりだった。

今年はオゴダ藩王国のラパ地方の水田を巡ったのだが、帰ってくると疲れがでて、一昨日と昨日は温浴をしたり、身体を休めたりして過ごし、ようやく何かをする気力がでたのは、今朝、朝食をたっぷりとってからだった。

（私が本当に、そのときの風の匂いを嗅いで、どのような災いが訪れるか伝えているのだったら……）

これほどの疲れは感じないのかもしれない。

儀礼のとき、オリエが目をつぶり、各地の言葉で人々に語るのは、オリエが感じ取ったことではない。予め手渡されている文章を暗記して、自分の言葉として語っているのだ。

農事に関する文書は、まず富国ノ省から送られてきて、それを香君宮に仕えている上級香使たちが精読して修正し、富国ノ省に戻される。その後、もう一度、富国ノ省で検討されて最終的には皇帝陛下に承認されたものが、再び香君宮に送られてくるという手順を踏んでから、ようやくオリエの手に渡される。

富国ノ省は、帝国全土の産業に関わる行政全般を担う巨大な組織で、その総帥《そうすい》である富国ノ大臣は新カシュガ家の当主が代々務めてきた。

富国ノ省は、香君宮の下部組織として作られた〈農事ノ省《のうじしょう》〉が廃《はい》された後に、新設された組織である。初代の香君の時代は、農事に関することはすべて香君宮が司《つかさど》っていたが、やがて、香君宮と富国ノ省が分けられると、富国ノ省が皇帝の意向を反映した基本方針を出し、香君宮は、その方針を吟味《ぎんみ》して助言を行うという暗黙の役割分担が出来上がっていった。

それは、しかし、香君宮が衰退したというわけではなく、いまも、皇帝は香君宮の見解を重視していて、富国ノ大臣もまた、香君宮の意向を汲《く》みながら農事を動かしている。

香君宮は、人々が思っているような「香君さまが祀《まつ》られているお宮」であるだけでなく、もうひとつ、民が知らぬ顔を持っている。

香君宮は、帝国各地に派遣されている香使と呼ばれる者たちが集めて来た、農業に関するありとあらゆる情報を精査して、その年毎の収穫予想をたて、なにか問題がありそうなときは対策を見出して富国ノ省に進言する役割を担う大きな組織なのだ。

その組織の頂点に立っている大香使がラーオ師——旧カシュガ家当主ラーオ＝カシュガであった。

カシュガ家には、ふたつの系統がある。

ひとつは、オアレ種の稲をこの世にもたらしたという伝説の忠臣を祖先にもつ名家、旧カシユガ・オイ《カシユガ・オイ》カシユガ家。

もうひとつは、あるとき、そのカシュガ家に次男として生まれ、長じて後、革新的な農政によって帝国の富を飛躍的に増やし、一代の英雄となったマキヤ＝カシュガが新たに興《おこ》した新カシュガ《カシュガ・ライ》家である。

マキヤ＝カシュガは、香君宮の中にあった農事ノ省を廃し、新たに、牧畜《ぼくちく》や漁業、交易など様々な産業を包括《ほうかつ》的に取り扱う富国ノ省を作ることを皇帝に提言して、これを認められ、初代の富国ノ大臣になった。

そのときから、新旧ふたつのカシュガ家が、それぞれ、富国ノ省と香君宮というふたつの組織を動かしてきたのだった。

「私は、ふたつのカシュガ家の間で揺れる飾り灯籠《どうろう》」

と、オリエが愚痴《ぐち》るたびに、ラーオ師は笑って首をふる。

「それは違うことを、よくご存知でしょうに。たとえ厳しい指示であろうと、民が、示された言葉に従うのは、香君さまのお言葉だからこそ」

その言葉がお世辞ではなく、真実であることを——そして、それゆえにこそ、自分が存在しているのだということを——オリエは、香君宮で暮らした長い年月の間に実感として知るようになった。

（……だから）

人々が目の前でふるえながら額ずくのを見ながら、なんとかかんとか、超然とした表情を崩さずに顔を上げて生きて来られたのだ。

「ご覧になったという卵ですが」

「ええ」

「特徴《とくちょう》を絵にお描きいただくことは出来ますか？」

オリエは微笑み、懐から折り畳んである紙をとりだして、広げてみせた。

「描いておいたのです。あとで、ここの標本と比べてみようと思って。原寸大で描いてあります」

「おお、それは素晴らしい」

ラーオ師は紙を受け取ると、眼鏡《めがね》を外して机に置き、紙に顔を近づけてその絵を見た。と、ラーオ師の目がわずかに大きくなった。信じられぬものを見ているかのように、その視線は卵の絵を見つめたまま動かなかった。

「……その絵で、なんの虫かわかりますか？」

オリエが小声で尋ねると、ラーオ師は瞬きをして、ようやく絵から視線を外した。

それでも、しばらくの間、何か考えているように、宙《ちゅう》に視線を漂わせていたが、やがて、思い出したように、オリエを見た。

「いま、なんと言われましたかな」

「え？　……その絵で、なんの虫かわかりますか、と」

ラーオ師が、ゆっくりと首をふりながら唇を開いた。

「やはり、ヨマの類《たぐい》だと思いますが、少し調べてからでなければ、確かなことは」

ラーオ師はオリエを見ていたが、その目はオリエを通り越して、何か別のものを見ているようだった。

いつもとあまりに違うラーオ師の様子が気になって、オリエが口を開こうとすると、問われるのを避けるように、ラーオ師はふいに明るい表情になった。

「それにしても、香君さまのお目は鋭い。どんな虫であるにせよ、ヨマの類であれば用心するに越したことはありません。早速《さっそく》、香使に調べさせます」

そう言うと、ラーオ師は、それではこれで、と、深く頭を下げた。

扉に向かって歩いて行く後ろ姿を、オリエは胸に手を当てて見送った。

（……やはり、あの卵は）

まさか、そんなはずはないと思いたかった。でも、ラーオ師も同じ判断に至ったのなら、あれはやはり、恐れていた通りのものなのかもしれない。

窓から射し込む光を顔に受け、オリエは手に響く自分の鼓動を感じていた。

## 三、肥料の秘密

来客を迎え入れるために従僕が大扉を開けたとき、天窓から射し込んでいた薄日が、ふっと陰った。

オードセンは読んでいた書簡から顔を上げ、絨毯《じゅうたん》の上を歩いて来る男に顔を向けた。

男は額に両手の指先をあてて、深くお辞儀をした。

「皇太子殿下」

オードセンは軽くうなずき、手で、向かい側の椅子を示した。

「イール＝カシュガ、よく来た。まずは、赤宝酒《チエカ》で喉と腹を温めよ」

イールは微笑んで、もう一度お辞儀をしてから、従僕がひいた椅子に腰を下ろした。

比較的《ひかく》気候に恵まれている帝都だが、曇れば初夏でも冷える。椅子の脇には常に小さな火桶《ひおけ》が置かれているが、今年は暖かい日が多く、火は入っていなかった。

従僕が玻璃《はり》の高杯に赤宝酒《チエカ》を注ぎ終えると、オードセンは目顔で、従僕を下がらせた。

従僕たちがすべて部屋の外に出て、重い扉が閉まると、広い書斎は静けさに包まれた。

オードセンは酒杯をちょっと掲げる仕草をして一口飲み、イールが同じように酒を飲むのを見届けてから、

「さて」

と、言った。

「皇帝陛下に拝謁できたか？」

「はい。今日は少しお加減がよろしいように見受けられました」

　オードセンの表情が明るくなった。

「そなたもそう思ったか。このまま回復してくだされば良いが。まだ食が進まれぬようで、それが気になるが、侍医が新たに良い薬を処方したようだから、御回復も早まろう」

　若い皇太子が、父を思って微笑んでいるその顔を、イールは複雑な思いで見ていた。


　これまで壮健《そうけん》であった皇帝オルランが、昨年の暮れに突然倒れたとき、イールはその回復を切に祈った。

　皇太子オードセンの基盤《きばん》はまだ盤石ではない。

　皇帝が急死するようなことがあれば、多くの廷臣《ていしん》を抱きこんでいる皇帝の弟ラガーランが帝位簒奪の反乱を起こす可能性があったからだ。

　そのような事態になれば、宮廷は大混乱に陥《おちい》る。藩王国がすべて、従順というわけではない今、そのような混乱は帝国の基盤を揺るがしかねない。

　幸い、皇帝は生き延びて年を越した。少しずつ回復の兆《きざ》しも見せ、寝台に横たわったままではあるが、会話もごくふつうに出来る状態になっている。

それでも、イールはすでに、皇帝なき後の混乱が起きぬよう、宮廷全体の構図を見ながら布石《ふせき》を打ち始めていた。

皇太子と皇弟の権勢は、ほぼ拮抗《きっこう》している。

皇帝なき後、どちらを、どのように帝位につけるべきか。また、皇帝の座を逃した者を、どうすべきか。そのことを、イールは日夜、考え続けていた。

オードセン皇太子は、ひと月前に二十歳になった。慎重で、聡明な若者だが、その性格は善良過ぎて陰影が足りない、と、イールには思える。

(何を思っているか読みやすいのは、ありがたいが)

巨大なウマール帝国を統《す》べていくには、まだまだ経験も深みも足りない。

一方、皇弟ラガーランは老獪《ろうかい》で、権力に固執する気持ちが強い。これまでの皇帝のように、カシュガ家の意向を汲んで政治を行うことに、満足しない可能性があった。

酒杯を置いて、イールは口を開いた。

「ところで、今、陛下のお身体に障っているご心痛の種をご存知でございますか?」

オードセンは眉を上げ、片頰を歪めた。

「陛下のご心痛は、私の不出来を含めていくつもあろうが……」

そう言いながら、オードセンは、机に載っている文書にちらっと目をやった。

「今日のご心痛の種といえば、これであろうな」

イールはうなずいた。

「写しをお持ちでございましたか。さすがに、お早い」

「我が〈早耳〉のひとりが記憶して、写してきたのだ」

そう言って、オードセンは文章を読み上げた。

「――最近、オゴダル海域において、海賊により鳥糞石《チチャ》の運搬船が襲われる事件が頻発《ひんぱつ》しております。鳥糞石《チチャ》は貴重な朝貢品《ちょうこうひん》ゆえ、これ以上このような事案が生じぬよう海賊の一掃《いっそう》に努める所存でございます。ついては、軍船の派遣を伏してお願い致します。それが叶《かな》わぬ場合は、軍船を二隻、建造するお許しをいただきたい……」

ぽん、と指の背で文書を叩いて、オードセンは片頬を歪めた。

「オゴダは最近、増長が露骨《ろこつ》だな。昨年来、南の大陸への警戒感が高まっていて、帝国軍船の派遣が難しい時期であることを好機と踏んでの自国海軍増強であることが見え見えでも、堂々と陳情書《ちんじょうしょ》を送ってきよる」

イールも苦笑した。

「昨年占領した群島に豊かな鳥糞石《チチャ》の鉱床を見つけて、舞い上がっていることもありましょうが、帝国の目が南の大陸に向いているこの隙《すき》に、更なる群島支配を、と焦ってもいるのでしょう」

「海賊というのも、偽装か？」

イールはオードセンを見つめた。

「藩王国監視省《かんし》は何と？」

「父上の命は出ているが、まだ結果報告はなされておらんようだな」

イールは目を細めた。

「まことに報告がなされていないか、しかとお確かめいただいた方がよろしいかと存じます」

オードセンの顔から笑みが消えた。

「そなたは摑んでいるのだな、確証を」

イールはうなずいた。

「本日、私が参内《さんだい》致しましたのは、皇帝陛下にそのことをお伝えするためでございます」

イールは落ち着いた声で続けた。

「オゴダが海賊であると主張している者たちは海上で待機させていた軍船に荷を積みかえ、更に海上で積み荷を二つの商船に積み分けて、通常の交易を装って二つの港に入港させております」

「……二つ」

「はい。オゴダの南西部の群島にあるナギ島と、ミガラン島の港。――そして、巧妙《こうみょう》な製法で、鳥糞石《チチャ》をナギの特産品である果実酒を入れる壺に加工して、別の藩王国へ輸出しておりました」

オードセンの顔に、驚きの色が走った。

「別の藩王国？　どこだ！」

「リグダールでございます」

オードセンは、わずかに口を開け、しばし、イールを見つめていた。そして、険しい顔で、額に拳を当てた。

「……なるほど。そういうことか。そなたの言うとおり藩王国監視省が摑んでおらぬか見極《みきわ》めねばならんな。――事が事だけに、慎重に背景を探っている最中だとして、それが私の耳にまだ届いていなかった、というのは、我が〈早耳〉どもの怠慢《たいまん》か、あるいは、叔父上側の手が遮ったか……」

オードセンはうつむき、苛立たし気に舌打《したう》ちをした。

「それにしても、リグダールとは！　なぜ、こんな浅はかなことを！」

イールは酒杯を持ち上げ、一口飲んで、静かに卓に置いた。

「こちらも、焦っているのでしょう」

オードセンは顔を上げた。

「それはわかっている。東カンタルに姉上を嫁《とつ》がせたのは、父上らしい均衡策《きんこう》だが、リグダール藩王にしてみれば、息子ではなく、よりによって境を接する隣国の王子に大きな恩寵《おんちょう》が与えられたのだ。不安にも思い、焦りもするだろう。

だが、香君さまを自国から出してもらうという、最高の恩寵を与えられているのに、これしきのことで、こんな愚策《ぐさく》に走るほど焦るというのは……！」

イールは瞬きをした。

「申しわけございません。少し、言葉が足りなかったようでございます。私が焦っている、と申したのは、まさにその、香君さまを自国から選んでもらえた栄誉《えいよ》ゆえ、ではないかと」

「……？」

「香君さまは、すでにご在位十五年」

オードセンの目に、はっと光が浮いた。

「なるほど、その焦りか」

イールはうなずいた。

「はい。香君選出の恩寵で、リグダールはオアレ稲増産の恩恵《おんけい》に与《あずか》り、人口もかなりの増加を見ました。しかし、ここ数年、オアレ稲の収穫増の恩恵に陰りが見えております。人口の増加と利益の循環の釣り合いがとれていないため、むしろ貧富の差が異常に広がり、人民の間に不満がくすぶり始めております」

オードセンは鼻で笑った。

「そうだな。リグダール藩王は官僚の支配に失敗している。官僚どもの、あの腐敗ぶりでは利潤はうまく循環すまい」

ため息をつき、イールは続けた。

「我らも少し後手《ごて》に回ったところがあるのですが。もう少し早く介入すべきでした」

「リグダールの件もだが、オゴダの方は大丈夫なのか？　鳥糞石《チチャ》の採石高を偽っているということは、自国での肥料生産をもくろんでいるのだろう？」

イールは薄い笑みを浮かべた。

「そちらは、敢えて、今少しの間、御静観を、と陛下にお願い申し上げました」

「なぜだ」

「オゴダが何処に鳥糞石《チチャ》を売っているか、その流通の実態を知る好機でございますので。むろん、ある程度の見極めがついたところで、これまで泳がされていたのだと明白にわかる形での厳罰に処していただきますが」

「それは、策としてはわかるが……しかし、危険はないのか？」

イールは淡々とした口調で答えた。

「鳥糞石《チチャ》を手に入れただけでは、オアレ種に適した肥料は作れません。むしろ、配合を知らぬ者が作った肥料は、オアレの収量を落とします」

オードセンは目を細めた。

「そんなことは重々わかっている。オアレ種用の肥料の製法は、秘伝中の秘伝。帝国の根幹を支える秘伝。──だが、人の世に絶対はない。私が恐れているのは、そなたのその自信だ。その自信が傲《おご》りとなり、目をくらませている可能性がない、と言い切れるか？　藩王国への肥料の配付が始まって長い年月経っているのだ。誰かが、肥料の配合の秘伝に気づいて独自に肥料を作り、収量を上げることに成功していてもおかしくはあるまい？」

イールは静かに答えた。

「私はこういう人間ですから、傲りによって目が塞《ふさ》がれていることがないとは申せません。父も、祖父も、この秘伝を守ってきた我が一族の祖先《そせん》たちすべて、その危険はあったことでございましょう」

「では……」

イールは皇太子の言葉を平然と遮った。

「しかし、現時点では、肥料の秘密が藩王国に漏れているということはないでしょう」

オードセンの目に苛立たし気な光が浮いた。

「なぜ、そう言い切れる」

イールは微笑んだ。

「殿下が私にそれを問われたということが、そのことを証明しておりますゆえ」

オードセンは、ぐっと眉根を寄せた。

「どういう意味だ、それは」

イールは笑みを消し、オードセンを見つめた。真っ直ぐに見つめられ、オードセンはかすかに顔をひいた。

「肥料の秘密の根本をご存知であれば、話の流れ上、問われるはずがないことを、いま殿下は私に問われたのでございます」

イールの目には冷ややかな光が浮かんでいた。

「次代皇帝候補の第一位であられる皇太子殿下――多くの〈早耳〉を使い、藩王国監視省にも根を張り巡らしておられる御方ですらご存知ないことを、藩王国の者共などが、いかにして知り得ましょうや？」

オードセンは黙って、イールを見つめ返した。それから、低い声で問うた。

「……肥料の秘密の根本とは、何だ」

イールはオードセンを見つめたまま、答えた。

「それは皇帝陛下と香君さまのみが知ることのできる秘密でございます」

オードセンの目に怒気が浮いた。が、すぐにそれは暗い笑みに変わった。

「皇帝陛下と香君さまと、カシュガ家のみ、か」

イールは静かに頭を下げた。

オードセンはしばらく、その感情を読めぬ顔を見つめていたが、やがて、ため息をついて話題を変えた。

「……で、リグダールの方は、いかが致す」

イールは顔を上げ、額にかかった髪をかきあげた。

「オゴダの罪と連動しておりますから、オゴダを罰した際にはリグダールにも処罰は必要でございますが、こちらは藩王国経営の根幹に関わりますので、罰して終わりというわけにはいきませんな」

「具体的には？」

「難しいことも、いくつかございますゆえ、慎重に考えているところでございます。さほど急ぐ案件ではございませんので、陛下にも、お時間をいただきたいとお願い申し上げてきたところでございます」

オードセンは唇の端を歪めた。

「そなたのことだ、策ぐらい、すでにいくつも、その頭に浮かんでおるのだろうに」

そう言ってから、浮かべていた冷笑を消し、真顔になった。

「まあ、しかし、そなたが慎重に、と言った意味もわからんでもない。リグダールに下手な罰を下せば、巡り巡って香君さまの権威《けんい》に傷がつくこともあるかもしれぬ」

イールはうなずき、窓の外を見やって、まぶしげに目を細めた。そして、何を考えているのかわからぬ表情で、言った。

「まことに」

＊

オードセンの館を出ると、イールは、堅牢な造りの馬車の脇で待っていた若者に迎えられて、馬車に乗った。

馬車が動き出すや、若者は待ちきれぬように、口を開いた。

「父上、オードセン殿下とのお話は、いかがでしたか」

「まあ、予想通りだ」

と、応じて、イールは、ふっと顔を曇らせた。

「今後のことを考えると、あの御方には、良き補佐役を探さねばならんな。肥料の秘密について、疑念の欠片すら抱いていないというのは、あの御方を支えている者たちが鈍過ぎる証拠だ。あの御方の資質の問題もあるかもしれぬが」

「……」

若者は、何か考えながら父の言葉を聞いていたが、やがて、生真面目な表情で問いかけた。

「父上」

「うん？」

「肥料の秘密、この先も守られるとお思いですか」

イールは息子を見つめた。

「おまえは、どう思う」

「私は、正直なところ、そろそろ危ういのでは、という気がしております」

「その根拠は？」

ユギルは父を見つめた。

「肥料の秘密は、いわば壮大な詐術《さじゅつ》。気づくには発想の転換が必要ですが、一方で、僅《わず》かなことが気づきのきっかけになる可能性もございます」

形の良い眉を寄せ、ユギルは続けた。

「オゴダが支配下に入ったときから、私は不安を覚えていました。オゴダは海運も盛んな海洋国。いずれ、支配下に収めた島に、鳥糞石《チチャ》の鉱床が発見されるのでは——そして、それが、肥料の秘密を暴くきっかけになるのでは、と懸念しておりました」

イールは黙って、息子の言葉を聞いていた。

「これまで、諸藩王国の者たちには自国で肥料を作って試すという機会がありませんでした。鳥糞石《チチャ》は厳重に管理され、我々が作った肥料の形でしか手に入らないものでしたから。

だから、これほどの年月、肥料の秘密は露見《ろけん》せずに来たのでしょう。しかし……」

ユギルは父を見つめた。

「オゴダは自由に使える鳥糞石《チチャ》を手に入れた。当然、すでに肥料の生産を試《こころ》みているでしょう。そして、オアレ稲に与えてみているはずです」

「……」

ユギルの目に、強い光が浮いた。

「そうなれば、今はまだ気づいていなくとも、近い将来、必ず気づくはずです。――帝国が下賜している肥料には特段の秘伝などなく、原材料と分量さえわかれば、誰でも作れるものなのだ、と」

イールはうっすらと苦笑して、口を開いた。

「そう。気づくだろうな。だが、気づいたからとて、何が出来るわけでもない」

窓の外を流れていく街を眺めながら、イールは言った。

「おまえは詐術と表現したが、肥料に秘密があるなどと帝国が喧伝《けんでん》したことは一度もない。〈肥料の秘密〉というのは、下賜された肥料を使っている人々が勝手に思い込み、作り上げた幻想《げんそう》に過ぎない。オアレ稲の神秘性を高める役には立っているが、それ以上の意味があるわけではない。そのことに皇太子でさえ気づいていないわけだが」

小さくため息をつき、イールは言った。

「死守せねばならぬのは〈芽生えの秘密〉の方であって、〈肥料の秘密〉ではない。肥料を作ることが出来ても、芽吹く種籾をもたない限り、帝国の頸木《くびき》から逃れる道はないのだから」

道沿いの建物が日を遮るたびに、イールの顔に薄い影が過《よぎ》る。

「肥料は、オアレ稲を抑えるために与えているものに過ぎない。我々が教えているのが最適量で、それより多く与えればオアレ稲は弱って収量が減るし、少なくすれば、収量は増えても、毒性も強くなって食べられなくなるだけだ。自前で作ったからとて、何が出来るわけでもない」

ユギルは顔を曇らせた。

「それは、そうですが、しかし……」

イールは息子に視線を戻した。

「まあ、おまえの危惧は、間違いではない」

「……」

「オゴダの連中も無能ではない。肥料というものは、適量を与えることが大切で、多く与えれば与えるほど収穫量が増えるわけではないことぐらい承知しているだろうから、自国での生産を試みているのは収穫量を増やすためではなく、帝国から独立しても、自分たちでオアレ稲を作れるようにしておきたいからだろう。

種籾を作れない以上、意味のない試みではあるが、そういう野心がある、ということだけでも、オゴダは確かに危険だ」

そう言って、イールは微笑んだ。

「おまえなら、どういう手を打つ？」

「そう……」

ユギルは組んだ親指同士をこすり合わせながら、言った。

「やはり、懲罰《ちょうばつ》を科さねばなりますまい。帝国が鳥糞石《チチャ》の不法採取と密貿易に気づいていないと思えば、彼らはいよいよ増長するでしょうし、我らを軽んじるでしょうから」

イールはうなずいた。

「その通りだ。私も陛下に、そのように進言してきた」

ユギルは視線を床に落とし、考えながら、ゆっくりと言った。

「しかし、懲罰を科すのも難しいですよね。オゴダは藩王国になってまだ日が浅いし、今回のことで懲罰を科すとなれば、リグダールも一緒に罰しなければならないし……」

言いながら、ふと、ユギルは顔を上げた。

「そうだ、リグダールといえば、叔父上が帰って来られたそうですね。陛下に、西カンタルの状況を報告されるとか」

ユギルの目には明るい色が浮かんでいた。

「西カンタルの旧王族を保護して連れて来たとか。まだ若い娘で、〈リアの菜園〉に匿うそうですけど、なぜ、あちらなのでしょうね。匿える場所ぐらい、うちにもあるのに」

イールは苦笑を浮かべたまま、口を開いた。

「おまえは、なかなかの情報通だな。どこから聞いた、その話を」

ユギルは赤くなった。

「偶然《ぐうぜん》、漏れ聞いただけです」

「漏れ聞いた、か」

イールはしばし黙って息子の顔を見つめていたが、やがて、静かに問うた。

「先程、おまえ、リグダールといえば、叔父上が、と話を続けたな。なぜ、リグダールから、マシュウを連想したのだ」

ユギルは、はっと顔を引いた。その顔に激しい狼狽《ろうばい》の色が浮かんだ。

「正直に申せ」

ユギルは瞬きをしながら、口を開いた。

「……以前、香君宮に行ったとき、奥の侍女たちが話していたことを耳にしたのです」

「なんと言っていた」

ユギルは顔を紅潮《こうちょう》させ、緊張しながら答えた。

「その……叔父上と、こ、香君さまは、むかし、浅からぬ仲だったことがあった。それゆえ叔父上は、上級香使の職を解かれて、軍に入られたのだと」

「……」

ユギルは少しためらってから、思い切ったように尋ねた。

「あの……これは、本当のことなのですか？」

イールは鼻で笑った。

「馬鹿な。そんなことがあったなら、香君さまはいま、この世にはおられぬ」

冷ややかな声で、イールは言った。

「それに、マシュウが、そんな甘ったるいことをするものか。あれは、おまえが思っているより、ずっと怖い男だ。

香君さまのあの浮世離れした美しさ、冷ややかなマシュウの佇《たたず》まい、そういうものが、歌物語に憧れる奥の侍女たちの空想の種になっただけのこと」

そして、深々とため息をついた。

「しかし、侍女たちが、いまだにそういう下世話な噂話をしているというのは、危険な兆候だな。香君さまがお優しいゆえ、甘えが生じている……」

イールは冷ややかな目で息子を見据えた。

「おまえも肝に銘じよ。香君さまは、人ではない」

「……はい」

「軽々しく答えるな。新カシュガ家の当主の長子として、おまえは事の裏側を知る立場にあるゆえ、心のどこかで、かの御方を人と思っているだろう」

ユギルは青ざめて首をふったが、イールは表情を動かさなかった。

「いや、思っている。そうでなければ、あの御方がマシュウと恋仲であった、などという話を信じるはずがない」

イールは底光りする目で息子を見つめた。

「おまえのわずかな態度ひとつが、すべての綻《ほころ》びに繋がる」

静かな声でイールは言った。

「おまえには、これまで優しい顔を見せてきたが、私は新カシュガ・ライ家《カシュガ・ライ》の当主だ。帝国のためなら、息子を手にかけることも、ためらわぬ。おまえが綻びの元になったときは、私はおまえを容赦《ようしゃ》なく勘当《かんどう》し、他に秘密を漏らせぬよう舌と両手を斬《き》るぞ」

ふいに現れた、父の内面を如実《にょじつ》に示す表情を目の当たりにして、ユギルは蒼白になった。その手からも血の気が失せていたが、唇をひきむすび、震えを押し殺して、深く頭を下げた。

「……肝に銘じます」

# 四、月下の人影

チィ、チィ、チィ！　と鳥の鋭い鳴き声がして、オリエははっと目を覚ました。

窓の外を二羽の鳥の影が横切っていった。片方の縄張りがこの辺りにあるのだろう。窓には厚い窓硝子がはまっているのに、威嚇《いかく》している鳴き声がはっきりと聞こえて来る。

書物を読んでいたのだが、いつの間にか、まどろんでいたらしい。部屋に置かれている机と椅子の影が床に伸びている。随分長く眠ってしまったようだった。

心に不安があるせいか、最近眠りが浅く、夜中に何度も目が覚める。一度覚めてしまうと動悸がして、眠りが遠のき、そのまま、何度も寝返りをうちながら朝を迎えてしまうことがよくあった。

こんなふうに昼間、異様な眠気に襲われるのは、そのせいなのだろう。

ため息をついて、オリエは立ち上がり、窓の外を眺めた。

三階にあるこの部屋からは、種々の野菜や薬草などが植えられた広い菜園と、その向こうの森まで見渡せる。

木々の緑が陽の光を映して美しかった。

ラーオ師が、しばらく香君宮を離れて、リアの館の方でお休みになられては？　と勧めてくれたのは、オリエの心の底にある、深い疲れを見抜いていたからなのだろう。

香君として都で暮らすようになった十三歳の頃、慣れぬ暮らしに疲れ果て、度々、悪夢を見てはうなされるオリエを心配して、ラーオ師が、自身の所領リアで営んでいる菜園の館にオリエを招き、そこで静養させてくれた。

それ以来、この館はオリエにとって安らぎの場所のひとつになっている。

〈リアの菜園〉の人々はオリエが香君であることを知らない。

ラーオ師が、なにか極秘の理由で匿っている貴人で、時折館に連れて来ているのだと思っている。ラーオ師の態度から、かなり高い身分の者であることを皆は察していて、敬ってくれるが、香君宮の者たちのような、畏怖して顔も見られないという態度は示さない。

お陰で、オリエは、ここでは穏やかな気持ちで過ごすことができた。

うらうらと陽が当たっている広大な菜園には、幾人《いくたり》かの人影があり、それぞれ様々な作業にいそしんでいた。

菜園といっても、植わっている植物は売るためのものではなく、調べるためのもので、薬師《さいし》と呼ばれる植物の専門家たちが帝国版図の各地から多様な植物を集めてきて栽培し、病虫害をいかに防ぐかなどを、日々調べている。

菜師の下には農人《のうにん》と呼ばれる栽培の作業を行う職人たちがいて、さらにその手伝いをする農子《のうこ》たちがいた。

菜園の仕事は力仕事も多いが、農子は農民の子ではない。

みな、カシュガ家と親族関係にある名家から厳しい審査を経て選ばれてきた少年少女で、新カシュガ家当主の子らも、必ず一度、ここで一定期間教育を受けることになっている。

ちなみに、旧カシュガ家の子らは、新カシュガ家が運営する〈ローアの工房〉に、一定期間弟子入りし、肥料の作り方について学ぶ。

これは、カシュガ家がふたつに分裂したときからの制度で、カシュガ家に生まれた者が、知っておくべきことを学ばせると同時に、両家が互いに対して秘密を持たぬための、いわば互いを監視する意味合いもある制度であった。

この菜園に勤め始める日には、子どもらは旧カシュガ家の当主ラーオ師の前に並び、ここで知り得たこと、また〈ローアの工房〉で学んだことを外に漏らさないことを誓約させられる。これを破ったときは、たとえカシュガ家の当主の子であっても命をもって償わねばならない。

そういう厳しい制度を厳密に守って営まれている菜園ではあるが、ここでの暮らしは思いのほか穏やかで、子どもらはここで明るく伸び伸びと日々を過ごしていた。

ラーオ師が選んできた子は、それぞれに才のある子らで、この子らが、数年後には農人になり、その中から、更に優《すぐ》れた者が菜師や香使になっていくのだった。

菜園を眺めるうちに、オリエは、ふと、見慣れない娘がいることに気づいた。

青い細帯で髪を結んだ、ほっそりとした娘だった。年嵩《としかさ》の農子から鉢植えの扱いを習っているようだった。

ここで働く少年少女は二十人ほどだから、オリエはすべての顔を見知っているが、熱心に農子の手元を見ている娘には見覚えがなかった。

（……あ）

オリエは少し前に奉仕の願いを受けたことを思い出した。御簾の向こうから聞こえてきた凛とした響きの声を。

（もう働き始めているのね）

ラーオ師の強い推挙によって急な補充があったと、昨夜、侍女が言っていた。

農子がふたり、嫁ぎ先が決まったとかで菜園を辞していたので、その補充なのだろうが、どこかの藩王国出身の娘だそうで、そのような者が〈リアの菜園〉に入るというのは、極めて異例なことだと、少し腑《ふ》に落ちぬ様子で話していた。

ラーオ師からは何も聞いていなかったので、それを聞いたときは気になったが、静養に来ている自分を煩《わずら》わせまいとするラーオ師の心遣《こころづか》いなのだろうと思って、後で聞いてみようと思いながら、いままで忘れていた。

(ラーオ師は、今日と明日は王宮でのお勤めだわね)

明後日にでも聞いてみよう、と思ったとき、戸の外でためらいがちに鈴が鳴った。

「あ、はい。どうぞ、起きているわよ」

声をかけると、侍女が入ってきた。

「そろそろお茶の時間でございますが、お持ちしてもよろしいでしょうか」

オリエは微笑んだ。

「ええ、お願い」

*

菜園で働く人々の夜は早い。

警備の者たち以外、夕食を終えると早々に湯浴《ゆあ》みをして床につくので、館全体がとても静かになる。

オリエも早々に床についたが、眠りはなかなか訪れて来なかった。昼間長く寝てしまったのが良くなかったのだろう。眠れぬまま床の中で悶々《もんもん》と寝返りを繰り返すのはつらいもので、やがて、ため息をついて起き上がった。

上掛けをはぐと、すっと冷気を感じたが、寒いというほどではなかった。いつもの年であれば、この時季でも、夜はかなり冷えるのだが、寝間着に薄衣《うすぎぬ》を羽織《はお》っただけで、充分暖かく感じた。

部屋の中は、意外なほど明るかった。床に入るとき、窓布をひいておくのを忘れたのだ。この明るさも、眠りを妨《さまた》げた一因だったのかもしれない。

(最近、こういうことが多いわね。気をつけないと)

オリエは寝台からおりると、室内履《ば》きを履いて窓辺へ歩み寄った。

夜空は澄んだ藍色をしていた。その藍色の中に満月が浮かび、皓々《こうこう》と白い光をなげかけているので、菜園は一面霜がふったような、不思議な明るさをたたえていた。

通路に隔てられた、ふたつの畑も、ほの白く見える。

静まり返った菜園の中で、ふいに、何か動いたような気がして、オリエは目を凝らした。

(――誰か、菜園の中にいる)

警備の者を呼ばねば、と、咄嗟に思ったが、その人影が女人であることに気づいて、オリエは動きをとめ、じっとその人影を見つめた。

(なにをしているのかしら)

右側の畑にしゃがんで何かをしている。

彼女は、やがて、立ち上がると、手に持っている物の下の部分を、丁寧にはらってから、通路を横断して、左側の少し遠い畑まで行き、また、しゃがみこんだ。

植物の植え替えをしているのだ、と、気づいた瞬間、オリエはよろめき、窓枠に手をついて身体を支えた。

胸の中で心ノ臓が痛いほど速く打っていた。

遠い昔、まったく同じ光景を見た。――あの人が、まだ少年だった頃、人々が寝静まった夜中に、こんなふうに植え替えを行っていた……。

（……夢？　これは、夢？）

額が冷たく痺れ、胸が苦しい。目が覚めているとわかっているのに、夢だ、という思いが去らない。

（植え替えを終えたら、風の匂いを嗅いでいた）

そう思ったのと同時に、人影は立ち止まり、風の匂いを嗅ぐような仕草をした。

オリエはふるえている手で口元を覆った。そして、人影が館の中に帰っていくまで、ただ、じっと、菜園を見おろしていた。

＊

朝まで浅い眠りの中で、いくつもの夢を見て、オリエは、ぐったりと疲れたまま目覚め、洗顔をしても、朝食が運ばれてきてもなお、どこか、いま目の前にあるものが現実でないような、ぼんやりとした心地から逃れられなかった。

侍女が朝食を食卓に並べている。

今朝もよく晴れていて、透明な朝の陽射しが、しぼりたての乳を注いだ玻璃の器の縁を光らせていた。

（……今夜、あの人影が現れたら）

菜園に出て行って、誰なのか確かめよう。案外、眠れないで菜園をうろついていた子が、悪戯《いたずら》をしていただけなのかもしれない。あまり焦って余計なことを考え過ぎてはいけない。

そう思いながら、温かい薄焼き《タパ》に手を伸ばしたとき、外から、驚いたような声がいくつも重なって聞こえてきた。

「なにかしら」

オリエが窓の方に顔を向けると、侍女が窓から外を見た。

「誰か、倒れたようです」

「倒れた？　誰が？」

オリエが腰を浮かしかけると、侍女は慌てて、手で押さえる仕草をした。

「見て参りますので、どうぞご朝食をお続けくださいませ」

侍女が部屋を出ると、オリエは立ち上がって窓辺に行った。

数人の農人と農子が集まって、通路に倒れている誰かを囲み、抱き起こそうとしている。館から出てきた侍女がその人々の輪に近づくと、農人が気づいて彼女を迎え、何か説明し始めた。ほどなくして、館専属の医女が館から出てきて、人々の輪の中に入っていった。

オリエは心がざわめくのを感じながら、じっとその様子を見ていた。

やがて、少し息をきらして、侍女が戻って来た。

「お待たせ致しまして、申しわけございません。倒れたのは、農子でございます。落度があったので、理由を問いただしていたところ、突然倒れたとのことで、医術院の休み所へ運ばせるそうでございます。でも、大事はないとのことでございましたから、どうぞ、御心を安んじてくださいませ」

「……大事ないなら」

声がかすれてしまい、オリエは咳払いをした。

「良かった。安堵したわ。ご苦労さま」

侍女は顔を赤らめて、頭を下げた。

「もったいないお言葉でございます。どうもありがとうございます」

オリエは食卓に戻りかけ、立ち止まった。どうしても、心の中にある気懸《きがか》りが消えていかない。余計なことをしてはいけないという思いはあったが、確かめたい気持ちが上回った。

心を落ち着けようと、ひとつ息を吸ってから、オリエは、部屋の隅に戻った侍女に声をかけた。

「農人――その、農子を問いただしていたという農人を、ここに呼んで来て頂戴《ちょうだい》」

侍女が眉をあげて聞き返した。

「農人を、でございますか？」

「ええ。連れて来て頂戴」

侍女は深く一礼をし、足早に部屋を出て行った。

侍女に連れられて部屋に入ってきた農人は、農人になってまだ日が浅い若い女人だった。オリエは顔を知っていたが、直接話したことはなかった。

農人は部屋に入ると、床に膝をついて頭を下げた。

オリエは努めて穏やかな口調で声をかけた。

「どうぞ、顔を上げて、そこの椅子に座って」

農人は顔を上げ、すこし緊張した面持ちで椅子に座った。

「忙しいところ、呼びたててごめんなさいね」

「……いえ」

なぜ呼ばれたのかわからない様子で戸惑っている農人を見ながら、オリエは言った。

「ここへ来てもらったのは、倒れた農子のことで、聞きたいことがあったからなの。何か、落ち度があったそうだけれど、どんな落ち度があったのかしら」

叱責を受けると思ったのか、農人は身を硬くした。

「お、落ち度というわけではございませんが、新しく入った子で、その、かなり変わったところがございまして、やってはならぬことをしたもので、少しきつい口調で問いつめざるを得なくて……」

「その、やってはならぬことというのは？」

農人は瞬きした。

「はあ、その、なぜか夜中に菜園に出て、畑に植えてある物の、植え替えをするのです」

話すうちに農人の口調が速くなった。

「最初に気づいたのは三日前でございまして、そのときは、ただ、〈除草の畑〉に植えておいたはずの物が〈育成の畑〉に植え替えられているので、なぜだろう？　と、不思議に思っただけでしたが、それを戻しておいても、翌日また並び順が変わっておりまして。誰がこんな悪戯をしているのかと思っておりましたら、あの娘と同室の者が、夜、忍び出て行ったのを見たと申したものですから、なぜそんなことをしたのか尋ねたのですが……」

オリエはわずかに身を乗り出して、問うた。

「その子は、なぜ、そんなことをしたか答えた?」

農人は首をふった。

「いいえ、頑なな顔で黙ったまま、うつむいておりましたが、突然、倒れまして……」

「新たに入った子だと言ったわね。では、特例で入ったという子ね?」

「はい」

「どこかの藩王国の出身者だそうだけれど、言葉が通じない、ということではないのね?」

「いいえ、西カンタルの山奥の出だそうですが、訛《なまり》のないウマール語を話します」

オリエは、はっと息を飲んだ。

(西カンタルの山奥……!)

農人が怪訝そうな顔になったので、オリエは詰めていた息を、そっと吐いた。

「そう」

そして、深く息を吸うと、農人に言った。

「……ありがとう。忙しいのにごめんなさいね。もう行っていいわ」

# 五、オリエとアイシャ

アイシャは夢を見ていた。

母の傍らで眠っている夢だった。厚い窓布がかかっている部屋は昼間でも薄暗く、薬湯の匂いが部屋中に満ちている。

扉が開く音がして、父が入って来るのを感じたのに、目を開けようとしても、どうしても目が開かなかった。深い疲れが頭の芯にあって、眠くて目を開けられないのだ。

ふと、涼やかな花の香りを嗅いだ気がして、アイシャは瞼をふるわせた。

（……青香草）

入ってきたのは父ではなく、香君さまだった。

部屋の壁がいつの間にか、薄暗く広大な広間に変わり、天井から降り注ぐ黄昏《たそがれ》色の木漏れ陽の下を香君さまが歩いてきて、傍らに腰を下ろした。

香君さまには、顔がなかった。

アイシャは、びくっと身体をふるわせて目を開けた。

胸の中で早鐘を打つように心ノ臓がもがいている。

薄暗い部屋にいた。いくつも空の寝台が並ぶ、がらんと広い部屋だった。まだ日中なのだろう。窓布が薄《うっす》らと白い光をはらんでいる。

傍らに誰か座っていた。

「目が覚めた?」

やわらかな声で問われ、アイシャは荒く息をつきながら、その人を見つめた。

青香草の香りが、そのまま人になったような女人が、そこにいた。

アイシャは、まだ夢の続きを見ているような混乱した心地のまま、呆然《ぼうぜん》と、その美しい人を見つめていた。

(……香君さま)

そんなはずはない。

そんなはずはないのだけれど、目の前にいるこの人は、御簾の向こうにいた人とまったく同じ匂いがした。

人の匂いは刻々と変わる。

それでも、髪形を変えようが服を着替えようが、子が母を見間違えることはないように、匂いの様々が変わっても、「その人の匂い」はわかるものだ。

「具合はどう?」

問われて、アイシャは我に返り、掠れ声で答えた。

「ありがとうございます。大丈夫でございます。――あの、貴女さまは……」

女人は微笑んだ。

「ごめんなさいね、名乗りもせずに。私はオリエ……」

そこで、わずかにためらったが、すぐに言葉を継いだ。

「訳あって姓は名乗れないのだけれど、ラーオ師のご厚意で、ここに滞在している者です」

アイシャは目を細めて、口の中で繰り返した。

「オリエ……さま」

ようやく、はっきりと覚めてきた頭の中で、アイシャは一生懸命考えていた。

（この人は、やはり、あの御簾の向こうにいた御方だわ）

それだけは間違いようがなかった。

しかし、香君宮におわす活神さまが、こんなふうに、寝台の脇の椅子に座るはずがない。はずがない、が、夢ではなく、いま、目の前におられる。

そのとき、カラーン、カラーンと鐘の音が聞こえてきた。昼食を知らせる鐘だった。

聞き慣れたその音を聞くうちに、混乱し、興奮していた気持ちが、少し鎮まってきた。

なぜ、こんなことをしておられるのかわからないが、とにかく、ご自身をオリエと名乗り、香君であることを隠しておられる以上、いまはそのまま、オリエという人として受け入れるしかない。

そう思っても、とても横になったままではいられなかった。毛布をはいで、身を起こそうとすると、オリエが手をあげてアイシャを止めた。

「そのまま。そのまま横になっていて」

「でも……」

オリエは微笑んだ。

「あなたは倒れたのだから、安静にしなくてはだめ。起き上がって挨拶なんてしなくていいのよ」

「……」

その気さくな言い方に、アイシャは言葉を失った。

浮世離れした美しさだが、その身から光が射す、というようなことはなく、ただ優しく、穏やかな女人に見える。しかし、確かに、ごく自然な気品があった。

「驚かせてごめんなさいね。急に見知らぬ者が脇に座っていたら奇妙に思うわよね。ただ、あなたが倒れた経緯を聞いて、少し聞いてみたいことがあったの」

アイシャは失礼にならないよう、目を伏せて答えた。

「はい。どのようなことでございましょうか」

「それはね……」

言いかけて、オリエは少しためらってから、言葉を継いだ。

「どうして目を伏せるの？　ふつうに、互いの顔を見ながら話しましょうよ」

つかのまためらったが、アイシャはすぐに顔を上げ、真っ直ぐにオリエを見つめた。

オリエは、ほっとしたように肩の力を抜いた。

「ああ、この方がいいわ」

咳払いをし、オリエは、では、あらためて、と言った。

「あのね、私は最近、あまり眠れないのよ」

「……」

「それで、昨夜もね、あまりに眠れないものだから、こんなに眠れないのでは寝台に居る方がつらいと思って、思い切って起きてしまって、窓辺に行ったの。昨夜は良いお月夜だったでしょう？」

「……」

「菜園の四阿《あずまや》の屋根の縁が、白く霜を置いたみたいに見えるほど明るくて、菜園で何かしている人の姿が見えたのよ」

そこまで言って、オリエはアイシャを見つめ、微笑んだ。

「あれは、あなただったのね？」

アイシャはうなずいた。

「はい。私でございます」

「植物の植え替えをしていたのね？」

「はい」

次の問いを予測して、アイシャは身を硬くした。――なぜ、そんなことをしたのか、そう問われても、答えることができない。

しかし、オリエの次の問いは、予想とは少し違っていた。

「植え替えたのは、何の植物だったの？」

アイシャは戸惑いながら、正直に答えた。

「申しわけございません。植物の名前はわからないのです。私が育ったところにはない植物で、まだ、名前を教えていただいていなかったので」

オリエの目に光が浮いた。

「名前を知らずとも、植え替えるべきだと、わかったのね」

うなずきかけて、アイシャは思わず動きを止めた。

稲光に貫かれたようだった。その言葉の裏にあるものが一気に見えたからだ。

（この御方は、わかっておられる！）

そう思ってから、自分の鈍さを笑いたくなった。

当然だ。この御方は、香君さま――香りで万象を知る、香君さまなのだ。

（隠さなくていい……）

そう思ったとたん、張り詰めていたものが切れて、身体がふるえはじめた。

ここへ来てからずっと、積もりに積もっていたつらさが一気に噴き出して、ふるえを止めることができなかった。

オリエが、じっとこちらを見つめている。

その目には、何ともつかぬ不思議な色があった。表情は穏やかなのに、心が昂《たか》ぶっていることが、漂ってくる香りで感じられた。

「……やはり」

つぶやいて、オリエは目を閉じ、深く息をついた。

何を思っているのか、オリエはそのまま長く動かなかった。

やがて、心を落ち着かせようとするように何度か呼吸を繰り返してから、目を開けた。

オリエの目には憐れみの色が浮かんでいた。

「つらかったでしょう」

オリエが手をのばしてきた。優しく肩をなでられた瞬間、目に熱いものが滲みでてくるのを感じた。こらえきれず、アイシャは、ぎゅっと目をつぶって嗚咽《おえつ》を漏らした。

「眠れなかったのね」

アイシャは目をつぶったまま、うなずいた。つぶった瞼の間から涙が零《こぼ》れ落ちた。

眠れなかった。――眠るどころではなかった。

この菜園に来て、植物たちの〈香りの声〉の悲鳴に出くわしたとき、そのあまりの混乱ぶりに、吐きそうになった。――ある区画で、なぜ、これほど、と思うくらい、相性の悪い植物ばかりが密集して植えられていたのだ。

草木の中には、他の植物の生長を妨げる力が強いものがいる。

草木の〈香りの声〉はささやかなもので、人の悲鳴や怒号《どごう》のように大きくはない。

それでも、その区画で、他の植物の生長を妨げる力が強い植物と、その植物に弱い植物とが近くに植えられているために、いくつかの植物が悲鳴を上げ続けていて、それが他の草木にも影響して、菜園全体に混乱が生じていた。

最初は、慣れねば、と思った。

ここで暮らす以外に道はないのだから、慣れねば、と。慣れてしまえば、雑踏の中にいるときと同じように、心に蓋をして生きて行けるようになるはずだと思った。

けれど、館の中にいても忍び込んでくる香りが耐えがたく、食欲も失せてしまった。

慣れるどころか、日に日につらさは増していった。

拷問《ごうもん》に苦しめられ、泣き叫んでいるものたちの声に、慣れることなど出来るはずもない。苦しんでいる草木が可哀想で、可哀想で、五日、六日と経つうちに、眠ることすら出来なくなってしまった。

ここを逃げ出して、ミルチャとじぃやがいる農場へ行こうかとも思ったが、わずかでも、自分たちが生きていることが発覚する危険は冒せないと思い直した。

ここで、これからも生きていくなら、草木の悲鳴をなんとかせねばならないが、誰も気になっていない〈香りの声〉の話をしても、わかってもらえるはずがない。

散々悩んだ挙句思いついたのが、密かに植え替えることだったのだ。

「ここはね」

優しく肩をさすってくれながら、オリエは言った。

「普通の菜園ではないのよ。様々なことを試す場なの」

アイシャは目を開け、驚いて聞き返した。

「試す?」

「ええ」

オリエはうなずいた。

「普通の菜園なら、植物が良く育つように努めるでしょうけれど、ここでは、それとは逆のことも行われているの」

穏やかな口調で、オリエは続けた。

「どんなときに育ちが悪くなるのかを試している区画もあるのよ。あなたが配置されている区画で、相性の悪い植物を敢えて並べて植えているのは、そのためなの」

考えもしていなかったことを言われて、アイシャは呆然とオリエを見つめた。

「なぜ、そんなことを試す必要があるのですか？」

「植物のことを深く知るためよ。より良く育てるためには、それを阻害《そがい》する原因を知らねばならない。何が彼らの生長を抑えるのか、枯《か》らすのか、そういうことを知るために、様々な試しを行っているの」

オリエの声は低かったけれど、口調は明瞭でわかりやすかった。

「様々試して調べていけば、例えば畑に生える雑草を駆除するために、人の身体に害があるような殺草液を使わないで済むかもしれない」

そこでわずかにためらってから、オリエは言葉を継いだ。

「それにね、オアレ稲を栽培している場所の近くでは育たなくなる作物があるでしょう？」

アイシャは目を見開いた。

馬車の中から見た、遥か彼方まで黄金色に波打つオアレ稲が目に浮かんだ。その、独特な強い香りも。

（そうか）

と、思った。そういうことがあるのは、父に聞いたことがあるが、確かにオアレ稲が植えられている土からは、他の土とは違う独特の匂いがしていた。あの土では育たなくなってしまう作物があっても不思議ではない。

「オアレ稲のそばで穀類を育てるのは無理だけれど、野菜なら育つものもあるから、何をどこに、どう植えたらよく育つのか調べているのよ。気候風土が違えば状況は異なるし、藩王国にも固有の作物はあるしね。〈リアの菜園〉では帝国全土の農業を盛んにして、民を豊かに養うために、そういう農地と植物に関する様々なことを地道に調べているのよ」

「……」

いつの間にか、ふるえが治まっていた。

(そういうことだったのか)

菜園だと聞いていたのに、とても菜園とは思えぬ奇妙な所に来てしまった、という恐怖が消えて、心が楽になった。

「……でも」

思わずつぶやいてしまい、アイシャは、はっと口を閉じた。

「なに？　気にせずに、なんでも言っていいわよ」

オリエが気さくな口調で促してくれたので、アイシャは正直に思ったことを口に出した。

「あれは、残酷《ざんこく》でございます。草木は動くことができません。つらくても逃げられません。あんなに苦しんで、悲鳴をあげて……。あの草木には、なんの罪もないのに」

虚を衝《つ》かれたように、オリエの目が大きくなった。

なにを思っているのか、わずかに口を開けたまま、しばらく黙っていたが、やがて、つぶやくように言った。

「そう……それは、確かに、そうね」

そして、少しうつむき、また沈黙した。

オリエの長い沈黙にいたたまれなくなってアイシャが身を起こすと、それにつられるように顔を上げて、オリエは口を開いた。

「ここで暮らすことは、草木にとってだけでなく、あなたにも残酷なことね。――あなたを別の場所に移すことを考えてみるわ」

アイシャは驚いて、聞き返した。

「別の場所、でございますか？」

オリエが自分の状態を深く理解して助けようとしてくれていることは、本当に嬉しかったし、ここから離れられると思うと、頭の上にのしかかっていた重い天井を外されたような、晴れやかな心地になった。

しかし、すぐに自分の状況を思い出し、アイシャは表情を曇らせた。

「もったいないことでございます」

アイシャは、言った。

「私のような者に、御心をかけていただき、本当に、ありがとうございます。ただ……少し事情がございまして、私の一存では……」

オリエは眉をあげた。

「事情？」

「はい」

「どのような？」

アイシャは両手を握りしめて、うつむいた。

「答え難いことなのね？」

問われて、アイシャは頭を下げた。

「はい。申しわけございません」

オリエは、ふっと表情を緩めた。

「いいわ。ラーオ師が戻られたら相談してみるわ。決めるのはそれからにしましょう」

## 六、隠し部屋

「では、そのように手配致します。遅くとも、明後日の朝には発《た》てるように準備を整えさせましょう」

ラーオは、椅子から立ち上がってオリエの手をとり、ゆっくりと扉の方へ導いた。

「ありがとう」

礼を述べてから、オリエは少し恥《は》ずかしそうに微笑んだ。

「ごめんなさいね、私まで行くことにしてしまって。準備が大変になってしまうわね」

ラーオは微笑んだ。

「なんの、なんの。確かに、ここよりはユギノ山荘の方がよく眠れるでしょう。例の件は、私が万全の対策を講じておりますのでお気になさらず、心安らかに過ごされますように」

うなずいて、オリエが廊下に出、侍女たちに付き添われて去っていくのを見届けてから、ラーオは自分の書斎の扉を閉め、鍵をかけると、足早に部屋の奥へ向かった。

書棚の一角を押すと、書棚が音もなく奥へ動いた。

隠し扉の奥の小部屋にラーオが入っていくと、椅子に座って、燭台《しょくだい》の灯りで書物を読んでいたマシュウが顔を上げた。

「……恐ろしいやつだな、おまえは」

ラーオは真顔で言った。

「すべて、おまえが望んでいたように動いたぞ」

マシュウはかすかに微笑み、ちらっと書斎の方を見た。

「あそこにいたのがオリエさまで良かった。アイシャなら、ここに私がいると気づいていたでしょう」

ラーオは眉をあげた。

「それほど、か」

「ええ」

「おまえを凌《しの》ぐな、それは」

マシュウは苦笑した。

「私など、足元にも及びません」

ラーオは顔を曇らせた。

「……やはり、危険ではないか。あの娘をオリエさまのおそばに置くのは」

マシュウは首をふった。

「大丈夫ですよ、あの御方なら」

ラーオはうなった。

「まあ、オリエさまは、ああいう御方だから、とは思うが、しかし……」

マシュウは立ち上がって椅子を引き、ラーオに座るよう促した。

ラーオが椅子に座ると、マシュウも椅子に戻り、静かな声で言った。

「ラーオ師。思いがけぬ道が開きかけているのです。ためらわないでください」

ラーオは眉根を寄せた。

「確かに思いがけぬことではあるが、いったい、あの娘に何が出来るというのだ？　おまえが言うように、あの娘が、その……初代の香君さまのような力をもっているとしても、それが、どんな道を開くというのだ。私にはむしろ、あの娘が開くのは崩壊《ほうかい》への道であるような気がするがな」

「ご懸念はわかります。アイシャの存在は、とても危険ではあります。いつ、どこで、誰が、その存在の意味に気づくとも限りませんから」

ラーオはきつい表情でマシュウを見つめた。

「危ういどころではない。気づいた相手次第では、帝国が揺さぶられる」

マシュウはラーオの視線を受け止め、淡々とした口調で言った。

「師よ、私たちがやろうとしていることは、いずれにせよ、帝国を揺さぶらずには成し得ぬことです」

ラーオは首をふった。

「それは違うぞ、マシュウ。確かに我々がやろうとしていることは帝国の根幹を揺さぶらずにはおかないだろう。しかし、私は、香君の存在に依って成り立っている様々を崩壊させるつもりはない。崩すのではなく、維持したまま変化させる。そうでなければ被害が甚大《じんだい》になり過ぎる」

マシュウはラーオを見つめた。

「師よ、私もそう思っていることはご存知のはずです。しかし、この先に起こることが、それを許してくれるかどうか」

ラーオは顔を歪め、しばらく黙ってマシュウを見ていたが、やがて、言った。

「おまえが恐れてきた悲惨《ひさん》な未来を、あの娘が、どう変えるというのだ」

「わかりません。いまはまだ。しかし、アイシャなら、私たちが直面している壁に、亀裂を入れることができるかもしれません」

「……」

「オアレ稲が、他の植物とは明らかに異なる香りを放っていることは、私にもわかります。しかし、それが何をしているのかは、私にはわかりません。アイシャなら、わかるかもしれない」

「……」

「神郷からオアレ稲をもたらしたのは香君です。その香君と、同じような力をもつ者が現れたのです。その娘の手を借りず、無視せよとおっしゃるのですか？」

「そうは言っていない。危険だと言っているのだ」

「師よ、すでに何度もご相談し、師もご理解くださったはずです。今になって、また蒸し返すというのは、師らしくもない」

てのひらで顔に浮いた汗をぬぐい、ラーオはため息をついた。

「話だけのときと、実際にあの娘に会ったいまとでは……」

燭台の蠟燭《ろうそく》の火影《ほかげ》をぼんやりと見ながら、ラーオは言った。

「正直に言えば、私は心からは信じていなかったのだ、おまえの話を。そのようなことが現実にあるなら、おまえの考えに同意する、というくらいの、いわば仮定の話のつもりだった。

まさか、本当に、今の世に、あのような者が存在するとは……」

ラーオは小さく首をふった。

「まだ少年だったおまえが植物を植え替えたときも驚いたが、分厚い書棚と壁を隔てたこの部屋にいる者の匂いすら嗅ぎ分けられるとするなら」

目を上げて、ラーオはマシュウを見つめた。

「人の域を遥かに超えている。あの娘の異常さは、あまりにも明らかだ。周囲が気づかぬはずがない。実際、ミジマは気づいている。あの娘は迷う仕草さえ見せず、初代の香君さまが作った真の〈静かな道〉を辿ったそうだ」

〈静かな道〉と呼び習わされている複数の道のうち、初代の香君が作った道は一本しかない。その他の道は、参詣する人が増え始めてから、後の香君たちが、初代の香君が作った道を過度に踏み荒らされることがないように作った道だった。

どれが真の〈静かな道〉であるかを知っているのは香君と皇帝、カシュガ家の直系の者だけだ。

初代の香君と、その後の香君の違いを知る彼らは、複数ある〈静かな道〉の違いを外には漏らさず、香君の真実と共に、自分の子孫にだけ伝えて来たのだった。

どれが真の〈静かな道〉であるかを予め知ることなく、いくつもの分かれ道を正しく選んで、その道を辿った者は、これまで、ひとりもいなかった。

マシュウは真っ直ぐにラーオを見つめ返した。

「だから、オリエさまに預けたのです」

「……」

「あの方は聡《さと》い方です。我が兄などは随分侮《あなど》っていますが、師は、ご存知のはず」

ラーオは白い物が混ざった顎髭を無意識に撫でながら、

「そう……」

と、つぶやいたきり、視線を宙に固定し、しばらく考えていた。

やがて、目をマシュウに向け、ゆっくりと言った。

「そうだな。おまえの言う通り、こうなった以上、オリエさまの傍らに置くのが最善なのかもしれぬ」

マシュウはうなずき、茶碗を持ち上げて冷めた茶を一口飲んだ。

そして、再び口を開いた。

「オリエさまが見つけたという卵は、やはりオオヨマの可能性が高いようですね」

「ミジマから聞いたか」

「ええ。絵を見ただけの段階で調査を命じたというのは、さすがだと思いました」

ラーオは鼻を鳴らした。

「おまえに褒《ほ》められるというのは稀有なことだが、私は怖かったのだ」

そっと腕をさすりながら、ラーオは言った。

「おまえの懸念は、やはり正しかったようだな」

「……」

「もう幾度も思ったことだが、あの大地震が起きなかったら、と思わずにはいられぬな」

初代の香君の逝去から六十三年後、帝都は大地震に襲われた。大規模な火災が発生して、香君宮の書庫も火に包まれ、多くの貴重な書物が失われてしまった。香使諸規定とその細目を記した規定集は焼け残ったが、個々の規定が定められた理由は伝わっていない。

マシュウが読んでいた写本を手元に引き寄せて、ラーオは、そこに描かれている絵図を、そっと指でなぞった。

「オオヨマについての記述は『香君異伝《いでん》』にしか残っていない。それも、皇祖《こうそ》がアマヤ湿地でオアレ稲の栽培を始めたときに発生し、オアレ稲に甚大な被害がでたことと、卵の特徴の記述、そして、皇祖が青ざめ、恐れて、オアレ稲ごと焼き払うよう命じたという、ごく短い記録だけだ。その後はオオヨマが発生したという記録はない」

「……その事実が、初代の香君が定めた香使諸規定が有効だったことを示しています。初代の香君は、様々な状況に応じて、実にきめ細かな対応を指示しておられた。あの諸規定と細目を厳密に守ることには、やはり大切な意味があったのです」

ラーオはうなずいた。

「そうだな。今となれば、その通りであると、私も思う」

深いため息をつき、ラーオは言った。

「おまえの父も、香使諸規定の改変は未来を危険に晒す、と言い続けていたな」

長い帝国の歴史の中で行われてきた香使諸規定の改変は、表向きはその時代の香君の御命によって行われたことになっているが、実際は皇帝主導で行われてきた。

そして、三十四年前に行われた『オアレ稲栽培地の気候と、害虫の発生状況を報告せよ』という一文の改変には、ラーオやマシュウの父ユーマも関わっていた。

「だが、あれは仕方がないことだった。いま思えば、確かに、あの改変がなければオオヨマの卵を見逃す危険は回避できただろうが……」

帝国の領土が拡大し、オアレ稲の栽培地が増えるにつれて、全ての栽培地の詳細な記録をとることは困難になっていた。それで、地域区分を行い、各地域で一か所だけ栽培地の気候と害虫の発生状況を調べるという方法に、改変されたのだった。

この改変にユーマは強く反対したが、当時の皇帝も、新旧カシュガ家の当主たちも、まだ十七歳だったユーマの反対など歯牙《しが》にもかけなかった。かろうじて、ラーオが提案した各地の農民たちに報告させるという妥協案は通ったが、改変自体は実行に移された。

「私も、あの改変は不可避だったと思っています。……しかし」

と、マシュウは言った。

「昨年の改変は、決して行うべきではなかった」

ラーオはしばし黙っていたが、やがて、うなずいた。

「……そう。今後、オオヨマが大発生するようなことがあれば、あの改変に携わった者として、私は、その責めを負わねばならぬ」

昨年、もうひとつ、香使諸規定の改変が行われた。

『高温多雨などによってヨマに大量発生の兆しが見えたときは、肥料にシシャ草を加えよ』という規定が削除されたのだ。直接のきっかけはシシャ草に病害が発生したためだったが、改変の背景には帝国運営が大きく関わっていた。

ヨマはオアレ稲につくことがある唯一の害虫だが、オアレ稲の生育を妨げることは稀で、収穫にはほぼ影響を与えない。種類も多く、帝国本土はもとより、藩王国でも見られるありふれた虫で、風に乗って移動もする。暖かく雨が多い年には大発生することがあるが、その度に、その地域の肥料を変えるのは、香使にとってはかなりの負担になっていた。

また、肥料に入れるシシャ草は、他の原料と異なり、「根と葉から液が滴る状態で」肥料に混ぜ込むよう細目で指示されており、藩王国で使うためには現地で栽培させる必要があったが、食用にも薬用にもならないので、余剰分《よじょう》も帝国が買い取らねばならなかった。

その上、シシャ草を入れるとオアレ稲の収量は激減してしまうので救済策も必要になる。

帝国運営の安定を最重要課題としている皇帝は、シシャ草に病害が発生したと聞くや、新旧カシュガ家の当主に、その条項の見直しが可能か検討せよ、と求めたのだった。

そこで、両家の当主は、ヨマが多くみられる栽培地で、試験的にシシャ草を加えていない肥料を使ってオアレ稲を栽培させ、問題が出なかったことを確認した後、削除を決定した。

「今更後悔しても遅いが、私は、あの改変でオオヨマが発生するようなことはなかろう、と思っていたのだ。以前、先々代の虫害ノ長のホラム師に聞いたことが頭にあったから」

と、ラーオは言った。

「あの三十四年前の改変のとき、ユーマがあまりにオオヨマの発生を恐れていたので、私はホラム師に、ヨマが変異することはあるのですか？　と尋ねたのだ。

師は、ヨマは確かに変異することがある、と言った。高温多雨などで餌《えさ》になる草が豊富になると大発生し、その後餌が減って、一か所に集まって混み合う状態が続いたときなどに、翅が大きくなったり、顎が頑丈《がんじょう》になったりしたヨマが見られることがある、と」

ラーオはマシュウを見つめて、言葉を継いだ。

「私は師に、重ねて聞いた。では、大量発生したときに、彼らの餌になるもの——例えば、オアレ稲など——を弱めたら、彼らの変異を防げますか？　と」

マシュウの目に光が浮いた。

「……ホラム師は、なんと答えたのです？」

「ホラム師は笑って、いやいや、それは逆でしょう、と、言ったのだ。

餌に含まれる養分が少なくなれば、むしろ、変異を促すのではないでしょうかな、と。

そもそもヨマが変異するのは生き残るためで、ヨマは、嚙み合って戦うことがあるから、顎が頑丈になるのは子孫を残すために有利なのだろうし、翅が大きくなるのは、混み合って餌の取り合いになっている場所から離れて、新天地まで飛ぶためでしょう。

だとすれば、大発生して混み合いが続いているときにオアレ稲が弱ったら、むしろ、変異を促されるのではないでしょうかな、と」

マシュウの顔に浮かんでいる表情を見て、ラーオは言った。

「そういえば、おまえに、この話はしていなかったな」

「……ええ。初めて伺いました」

ラーオは顎を撫でた。

「なんとなく話しづらかったのだ。私はホラム師の話で安堵したのだが、ユーマは納得していなくて、あわや喧嘩《けんか》になりかけてな。あまり良い思い出ではなかったから」

マシュウは瞬きした。

「父は、なんと言ったのです？」

「人の知識は完全ではない、と言った。私たちは全知全能ではない。虫の振る舞い、オアレ稲の振る舞いのすべてを知っているわけではない。初代の香君が定めた規定には、それなりの理由があったはずだ。なぜ、そう定めたのかがわからない以上、改変は危険だ、と」

昔を思い出しているように視線を浮かせて、ラーオは言葉を継いだ。

「そのとき私はユーマに言ったのだ。我々は確かに不完全な存在だ。だからこそ、わかっていることがあるなら、それを手掛かりにしてものを考えるしかない。おまえと私、どちらが正しいかは、歴史が教えてくれるだろう、と」

ため息をつき、ラーオは苦笑した。

「結局ユーマが正しかったわけだが、私には、ホラム師が言ったことは筋が通っているように思えたし、正直、いまも、そう思う気持ちがある。

大量発生して、餌が足りなくなって変異するなら、なぜ、オアレ稲を抑えよと初代の香君は書き残したのだろうな？　抑えるより、むしろ、抑えないで、栄養を充分に与えた方が、変異を防げるだろうに」

「……父と同じことを言うようで恐縮ですが」

と、マシュウは言った。

「筋が通っていないように思えるのは、私たちが知らないことがあるからでしょう。

ヨマの変異についても、私たちがまだ知らない原因があるのかもしれませんし、何より、オアレ稲については、わからないことだらけです。オアレ稲の稲藁《いなわら》を食べさせると、家畜が大きく肥えるように、オアレ稲には、生き物を変える力があるのかもしれません」

ラーオは唸った。

「しかし、ヨマが多い場所で、シシャ草で弱めていないオアレ稲を、一年も栽培してみて、何も起きなかったのだぞ？　オアレを食べたヨマもいただろうに」

「あそこは確かにヨマが多い栽培地ですが、大量発生という程ではなかったですよね？　香使諸規定でヨマの大量発生の兆しが見えたときは、とされていたように、大量発生と弱めていないオアレ稲、このふたつが重なることに意味があったのではないでしょうか」

ラーオは眉根を寄せた。

「だが、今回オオヨマの卵が見つかったラパからも大量発生の報告は来ていないだろう？」

マシュウは、懐から一枚の紙を取り出し、机に置いた。

「これは、ラパ郡司の書庫にあった綴《つづ》りの一部です。ラパ地方の農夫が報告したことを書き留めたもので、雑報告として、処分予定になっていた箱の中に入れてありました」

手にとって読み始め、ラーオは目を見開いた。

「これは……！」

雑に扱われていたのだろう。皺《しわ》になって汚れているその紙には、オゴダの文字で、雨多く、暑い日続く。ヨマが異常に湧き、雲のごとし――と、書かれていた。

「これは、以前なら香使に渡されていた報告です。農夫は、高温多雨とヨマの大量発生を、ちゃんと報告していた。しかし、報告を受けた役人がいい加減に処理したのですよ」

ラーオは目を閉じ、なんということだ、と、つぶやいた。

「……では、やはり、ふたつの条件が重なると、オオヨマが発生するのか」

マシュウはラーオを見つめて、言った。

「なぜ発生したのか探らねばならないのはもちろんですが、もうひとつ考えておかねばならないことがあります。――いまの状態では、オオヨマはどこでも発生しうる。

三十四年前の改変以降も、ヨマの大発生時は肥料を変えねばならなかったので、香使は、ヨマの発生状況には気を配っていました。農民は香使に報告し、香使はちゃんと規定を実行していたのです。しかし、昨年からはその必要がなくなって、こういうことが起きている」

ラーオは暗い表情でうなずいた。

「そうだな。オゴダはもちろん、近年は東西カンタルでさえ高温多雨のときがあるし。ことは急を要する。明日にでも、イールにこのことを告げて監視を強化させねば」

マシュウは唇の端を、わずかに歪めた。

「兄が、この知らせを聞いて真っ先に考えるのは、師とは別のことでしょう」

茶碗の把手《とって》を指でさすりながら、マシュウは言った。

「鳥糞石《チチャ》の密売や肥料生産など、帝国に隠れて富国を試みているオゴダの水田で、オオヨマが発生するのであれば、発生させた方が良い、と思うはずです」

ラーオは顔をしかめ、口を開きかけて、閉じた。

マシュウは低い声で続けた。

「自国で密かに作った肥料を試したせいで、これまで経験したことがないほど激烈な害虫の被害が生じたのだとオゴダの者たちが思えば、これほど効果的な抑止《よくし》策はありません。リグダールなど、オゴダから密かに鳥糞石《チチャ》を買った連中も、オゴダの惨状を知れば、自国で肥料を作ることをためらうようになるでしょうし、自国製の肥料を使っていないところでオオヨマが発生しても、オゴダから飛んできたのだ、と言えばいい。頭の痛い問題が一挙《いっきょ》に解決します」

ラーオは苦い顔で、唸るように言った。

「イールならば、そう言うだろうな。肥料の件は見て見ぬふりをすべき、という、イールの提案に私も賛同したのだ」

首をふって、ラーオはため息をついた。

「まずいときに事が重なったものだ。イールならば、対策を立てる時間を得たと思うべき、と言うだろうが」

絵図に視線を落としたまま、マシュウは言った。

「ラパ以外には、オオヨマの卵の報告はないのですか」

「ない。念のため、信頼がおける香使たちを各地に派遣したし、版図全体の栽培地にも通達を出して確かめさせたが、なかった。いまのところはラパだけと考えていいだろう」

「卵があった場所は焼却《しょうきゃく》したのですね」

「した。周辺も念入りに調べたが、発生の兆候はない」

「それなら、しばらくは時を稼げるかもしれません」

うなずきながら、ラーオは言った。

「それに、ふたつの条件が重ならない限り発生しないのなら、手の打ちようはあるしな」

「……そうであれば良いですが、そのくらいの虫害であったなら、皇祖が青ざめた、などという記録が残されるとは、私には思えません。それに、たとえ、そうであったとしても」

皺になっている紙に目を落として、マシュウは言った。

「いまの状況では、ヨマの大量発生を完璧に監視し続けるのは難しいし、シシャ草の規定を復活させてオオヨマの発生を防ぐことすら出来ない。――あの改変は、香君さまの御命として出されていますから」

ラーオの顔がこわばった。マシュウは紙に目を落としたまま言葉を継いだ。

「オオヨマが大発生すれば、兄もシシャ草の重要性を認めるでしょうが、それでも、多分、あの規定の復活は難しい。香使たちだけでなく、シシャ草を生産していた藩王国の農民たちにも、シシャ草を買い取らないことになった理由は説明されていますから、再びシシャ草を使えば、オオヨマの発生はオゴダのせいでなく、帝国が配付している肥料のせいではないかという疑念が生じる。そうなれば、香君さまと帝国への信頼が揺らぐ。――兄はもちろん、皇帝陛下も、再びシシャ草を入れることを即断はなさらないでしょう」

目を上げて、マシュウはラーオを見つめた。

「皇帝陛下も兄たちも現時点の帝国情勢を最優先事項として、そこから物を考えるでしょうが、私たちは、数年、数十年、数百年先を考えて動かねばなりません」

マシュウの目には、怒りとも哀しみともつかぬ光が浮かんでいた。

「カシュガ家は――新旧どちらのカシュガ家も――大きな間違いを犯し、それを修正することなく、ここまで来てしまった。これ以上、間違った道を進むことは許されません。二度と現れることがないと思われていたオオヨマが再び現れ、近い将来大発生を起こすのであれば、始祖が書き残した、その他のことも、やがて、現実になるかもしれません。いま、打つべき手を打ち間違えれば、我らは恐ろしい数の餓死者《がししゃ》がでる大崩壊の罪、贖《あがな》うすべのない大罪の責めを、負うことになるでしょう」

ラーオは、じっとマシュウを見つめていたが、やがて、低い声で言った。

「十七のときからずっと、おまえは、そう考えていたのだな。わしも、様々考えてきたが、おまえの危機感は、そういう漠然とした予想とはまったく違う、切迫《せっぱく》したものだった」

マシュウは、ふっと微笑んだ。

「覚えておられますか、湯桶の底にいた小さな虫のことを」

「……」

「桶に湯を汲もうとしたとき、ちらっと虫がいるのは見えたが、動作を止められなくて、そのまま湯を汲み、背を流した。虫にとっては、何が起きたのかもわからぬ、一瞬の死だっただろう。独り言のような、私のその話を聞いて、師はおっしゃった。

我らもまた、虫と同じ。この世のすべてのものは、その虫と同じ。それでも、生き延びる虫がいて、我らはここにいるのだ、と」

静かな声で、マシュウは言った。

「あの時、私は、暗夜の中で灯火《ともしび》を見たのです。カシュガ家の当主でありながら、こういう考え方をする人もおられるのだと知って」

マシュウは、ゆっくりと立ち上がった。

「師よ、どうかこれからも私を導き、共に歩んでください」

## 七、オリエとマシュウ

マシュウが立ち去った後、ひとり隠し部屋に残り、写本に目を落としたまま、ラーオは物思いにふけっていた。

（やはり、あいつはユーマによく似ている）

弟のように思っていた友の面影と、その眼差しが目に浮かび、ラーオはため息をついた。

ユーマは明朗快活《めいろうかいかつ》な男だったから、その息子であるというマシュウを初めて見たときは、あまりにも苛烈《かれつ》で暗い眼差しに、本当に父子なのだろうかと訝《いぶか》しんだものだが、マシュウの内面に触れるたびに、やはり、よく似ている、と気づかされる。

（ユーマも、あんな目をして、抗議していた）

香使諸規定の改変を手伝わされたとき、まだ十七歳だったユーマが、父親に懸命に抗議していた、その顔を思い出しながら、ラーオは写本の表紙に描かれている白い山の稜《りょう》線《せん》を指でそっとさすった。

（ユーマは見つけたのだろうか、この山を）

山間の小国に過ぎなかったウマールが、広大な版図をもつ大帝国へ成長を遂げるきっかけとなった地でありながら、皇帝すら、その場所を知らぬ神郷オアレマヅラ。そして、神郷とこの世とを隔てているという、白く輝く神門の山、ユギラ。

かつて皇祖とともに神郷に至り、オアレ稲と香君をこの世へ連れて来たカシュガ家の始祖が書き残したとされるこの絵だけが、かろうじて、その姿を今に伝えている。

この神門の山を、ユーマは生涯、探し続けた。


——オアレ稲の恐ろしさを見て見ぬふりをし続けてきた我らは、やがて自らの愚行の結果を、目の当たりにするだろう。


そう言ったときの、ユーマの青ざめた顔が、ラーオには不思議に思えた。

ユーマの危惧にも、ある程度の妥当性はあるとラーオも思っていた。

初代の香君が規定を作った理由がわからないのに、本当に条項を改変してよいのか不安に思ってもいた。自分たちが下した判断が間違っていたら、いずれ、何か大きな災厄《さいやく》が起きるのかもしれない、と。

しかし、それは、まだ起きてもいない災厄、ただ、起こるかもしれないという仮定の話に過ぎない。それを、なぜ、青ざめるほど恐ろしいと思えるのか、それが、どうしてもわからなかったのだ。

ユーマが帝都を離れ、各地を経巡《へめぐ》るようになったときも、新カシュガ家の人々の考え方に馴染《なじ》めない彼が、自らの正しさを証明したくてそういう行動をしているのだろう、と思っていた。彼を突き動かしていた不安を、本当の意味では共有できていなかった。オオヨマの発生が現実のものになったいまですら、心のどこかに、これは一過性のことだろう、と思いたい気持ちが潜んでいる。

マシュウは、しかし、心から恐れている。父親と同じように、少年の頃から今に至るまで一貫して、大災厄が起きることを恐れ続けている。

ラーオは、目を細めた。

(オリエさまを案じておるがゆえ、ということもあるのだろうな)

大災厄が訪れるとしたら、人々は恨みと怒りの矛先を香君に向けるだろう。

活神と崇《あが》めてきた心が裏返るとき、なにが起きるか。それを思うと、ラーオも、急《せ》き立てられるような恐れをおぼえる。

(オリエさま……)

ラーオは思わず目をつぶった。

(あなたには、本当に可哀想なことをした。――マシュウにも)

香君は、婚姻《こんいん》はもちろん、男と関係をもつことも厳しく禁じられている。もちろん、表向きにはそのような規範は設けられていない。しかし、万が一にも、特定の男との深い関係が生じた場合、カシュガ家の当主は、病死に見せかけて、その香君を密かに弑《しい》し奉り、速やかに次の香君選びを始めるよう、代々の皇帝から命じられている。

初代の香君には恋人がいた。

香君と皇帝、カシュガ家当主の直系のみが知る事実だが、初代の香君は彼女を神郷オアレマヅラから連れ帰ったアミル＝カシュガと長く恋愛関係にあったと伝えられている。しかし、彼女は、子を産むことはなかった。

香君が子を残すことなく世を去ったので、当時の皇帝ラムランは次代の香君を生まれ変わりから探すことを決め、その制度が現在に至るまで脈々と受け継がれてきた。

正史では伝えられていないが、カシュガ家には、ラムラン帝が、香君がアミル＝カシュガの子を産まなかったことに安堵した、という話が伝わっている。

香君が子孫と親族を増やしていくことで、皇帝以上の権威をもつ一大勢力が生じることを、ラムラン帝は恐れていたのだろう。それゆえ、皇帝はカシュガ家に、今後も、香君が子孫を残すことがないよう密命を下したのだ。

生身の身体をもつ神が、肉体を捨てて再生を繰り返すというのは、いかにも活神にふさわしい話であったから、この制度はむしろ、香君の神威を高めることに大いに役立った。

この制度の利点はそれだけではない。生まれ変わりを探すという方法は、藩王国支配を円滑《えんかつ》にする大きな助けとなった。――絆を深めたい藩王国から香君を選ぶという操作《そうさ》が可能になったからだ。

最も利用しがいのある、しかも、神々《こうごう》しいまでに美しく、聡明ではあるが従順な娘を探し出すのは容易《たやす》いことではないが、初代の香君がこの世に連れて来られたのが十三歳のときであったことを理由に、生まれ変わりまで十三年かかるという言い伝えを作ることが出来たお陰で、これまで、この制度は大過なく成立してきた。

ただ、長い歴史の中で、一度だけ、制度を揺るがしかねない危機があった。――香君が、恋に落ち、子を孕んだのだ。

皇帝は当時のカシュガ家の当主に密命を与え、その香君は子を産み落とすことなく世を去り、相手の男もまた、病死に見せかけて排除された。

それ以降、香君となって香君宮にのぼった娘は、十五の年を迎えると、この話を聞かされる。その頃には、香君はもう自分がどのような存在であるか弁えており、たいていの場合、その恐ろしい裏の掟を聞かされても、驚くこともない。

香君を出した藩王国は、帝国から格別の経済的配慮を与えられる。

故国を豊かにし、帝国の安定を支える、そういう役割を担わされた自分には、もはや、ひとりの女としての幸せは望みえないことを、香君はみな、十代にして思い知るのだ。

――香君の冠《かんむり》は、諦《あきら》めを隠す装い。

かつて、オリエがつぶやいたその言葉を、ラーオはいまも忘れられずにいる。

オリエは、ラーオが見出した香君候補者だった。

当時ラーオは香使を束ねる大香使として、自ら現場に出、藩王国各地を精力的に巡っていた。

リグダール藩王国は、その頃、隣接する東カンタル藩王国との勢力争いで、劣勢に立たされていた。東カンタルが、藩王一族間の婚姻など合法的な形ででも、リグダールを飲み込めば、帝都に近い地域に一大勢力が生まれてしまう。

それを恐れた皇帝は、カシュガ家にリグダール内で香君候補を見つけるように命じ、その任を負って、ラーオは、十二年ほどの間に目をつけていた候補たちの元を密かに訪れ、じっくりと観察を行った。

どの候補者も美しく聡明ではあったが、その中でもオリエは抜きんでて美しかった。内側から光を放っているような、活発な明るさが目をひいた。

周囲の子どもらも、大人たちもみなオリエに惹《ひ》かれていたのに、本人はそのことにあまり気づいていないようで、その良い意味での鈍感さも好ましく思えた。

なによりオリエは人が好い娘だった。我より他を思う、心から親切な子で、それがラーオには最も重要であるように思われた。

香君は、己を空《むな》しくして、人のために生きなければならない。自分の利になるかどうかを真っ先に考えるような性質《たち》の娘では、活神の役割は果たし得ない。

父親は、血筋は良いものの小領主に過ぎず、大らかな人柄で日々の暮らしに満足しており、娘が香君になっても、それを利用して政争を起こす可能性はまずないということも、条件として好ましかった。

オリエを選んだとき、ラーオは、このような娘を見出せたことに安堵した一方で、今後、この無邪気な娘が歩んでいかねばならぬ道を思うと、哀れに思わずにはいられなかった。

オリエはラーオが思っていたよりずっと芯が強く、しっかりと己の役目をわきまえ、期待に応えてくれた。

それでも、香君として生きる重責は、やはり、オリエを蝕んでいった。

以前のオリエを知らぬ者は気づかぬ、静かな、しかし、確実な心身の変化をラーオは危ぶみ、わずかな間だけでも、彼女を〈香君〉という立場から解放して、心の負担を和らげる方法はないものか、と考えるようになった。

まず、香君宮から離れて暮らす機会をつくってみた。〈リアの菜園〉で過ごさせてみると、オリエは少し元気を取り戻したが、〈リアの菜園〉は人が多く、菜園の人々の前では、香君でなくとも、正体不明の貴人として振る舞わねばならぬので、完全な息抜きにはならなかった。

その頃、ラーオはいくつかの改革に着手していた。

ユギノ山荘の建設もそのひとつで、〈リアの菜園〉では出来ぬ仕事を、従兄であり、盟友でもあるタクとその妻に委《ゆだ》ね、山荘が完成したという報告を受けていた。

周囲に集落もなく、人が立ち入ることがまずない、隔絶《かくぜつ》したその山荘を見たとき、ふと、ラーオは、ここならばオリエに完璧な休息を与えられるかもしれない、と思いついた。

ラーオの思惑は図に当たった。

タク夫妻と、その息子たちが暮らしているだけの山荘で、すべての事情を呑み込んだ彼らとともに、普通の娘として過ごす休息の期間を与えられたオリエは、しおれていた花が慈雨を得たように、以前の快活さを取り戻したのだった。

以来、巡行などの務めのない期間、オリエは、〈リアの菜園〉と、ユギノ山荘を行き来して過ごすことが多くなった。

息抜きをする場を得られれば、オリエは生涯、香君として生きてくれるだろうと、ラーオは安堵したのだが、やがて、ひとつ小波《さざなみ》が生じた。

オリエが、マシュウと出会ったのだ。

当時、マシュウは、母親や親族と引き離され、天炉山脈から遠く離れた帝都へ来たばかりだった。

将来新カシュガ家の当主となるイールの補佐をするよう連れて来られ、様々な修業を黙々とこなしていたが、初めて連れて来られた〈リアの菜園〉で、夜中に植物を植え替える悪戯をしたと農人に咎《とが》められ、数人の農人を殴《なぐ》る騒動を起こした。

殴られた農人たちは旧カシュガ家に属する者たちで、新カシュガ家から来ていたマシュウに、事あるごとに陰湿《いんしつ》な態度をとっていたことが騒動を大きくした一因であることにラーオは気づいていたのだが、背景はどうあれ、歯が折れるほどの暴力をふるうというのは許されることではなく、相応の罰を与えねばならなかった。

そもそも、なぜ、そんな悪戯をしたのかと尋ねても、マシュウは異様に光る目でこちらを見つめるだけで答えず、その態度がまた農人や菜師たちの怒りをかきたてたので、ラーオはとにかく、〈リアの菜園〉からマシュウを出すべきだろうと考えた。

とはいえ、このような問題を起こして新カシュガ家に帰せば、ただでさえ微妙な立場にあるマシュウは益々《ますます》冷たい扱いを受け、その荒れた心をいよいよ荒らしてしまうだろう。

親友だったユーマの息子を、なんとか守る方法はないものか、と思い悩んでいたラーオのところに、ある夜、オリエがひとりで訪れてきた。

そして、想像もしていなかったことを口にしたのだった。

——あの少年が植え替えた花を、ご覧になりましたか？

言われて、そういえば、何と何を植え替えたのか、聞いていなかった、と、ラーオは気がついた。

オリエは、わずかに頬を上気させて、言った。

——私、操作表を確かめてみたのです。そうしたら、あの少年が植え替えた花は、すべて、他の植物の影響から救われていました。

ラーオは驚いた。

カシュガ家の次期当主を補佐するために、植物について学ぶよう派遣されてきていても、どの植物に、他の植物の生育を阻害する作用があるか、ということは、もう少し後に教えることで、派遣されてきたばかりのマシュウが知るはずがないことだった。

——そんな馬鹿な、と、言われてしまうかもしれませんけれど……

少し口ごもりながら、そう言ったオリエの目が輝いていたことを、ラーオはいまも覚えている。

——あの少年は、香りでわかるのではないかしら。植物同士が、どう影響し合っているか。

なぜそう思うのか、と問うと、オリエはいよいよ頰を上気させて、か細い声で答えた。

——見てしまったんです。夜、あの少年が植え替えているのを。そのとき、彼は、しきりに匂いを嗅ぐような仕草をしていたのです。

それだけのことで、マシュウがどの植物がどう他を阻害するかを嗅ぎ分けたと信じたわけではなかったが、彼を助けるきっかけを探していた最中だったラーオは、オリエの生き生きとした表情を見るうちに、ふと、マシュウをユギノ山荘に送ることを思いついた。ちょうど、タク夫妻から、男手が足りないから、いい若者がいれば送って欲しいと頼まれていたところだったので、懲罰の名目でマシュウを山で働かせるというのは妙案だと思ったのだ。

ユギノ山荘では、オリエと会う可能性があることを、そのとき、ラーオはまったく気にしていなかった。

マシュウは新カシュガ家の当主の直系で、香君に目通りが可能な身分だったし、秘密を知ることができる立場にもあったから、会ったとしても支障はなかろうと思っていた。

（……いつから）

ふたりは、あれほど深く想い合うようになっていたのだろう。

当初、そんな兆候は欠片も見えなかった。

ただ、ユギノ山荘での労働を終えて新カシュガ家に戻ったマシュウは、わずか一年ほどの間に、驚くほどの変化を遂げていた。

触れた者を傷つける刃のような少年から、寡黙だが強靭《きょうじん》な芯を感じさせる男へと変わっていたのだ。

当時、新カシュガ家の当主だったラノーシュが、タク夫妻に荒馬の調教法を習いたいものだと苦笑交じりに冗談を言ったほどの変化だった。

通常三年はかかる修業を一年で終えて、マシュウは香使となり、香君に付き添って、帝国各地を巡った。そして、二十歳にもならぬ異例の若さで、多くの機密の扱いを許される上級香使へと昇格していった。

その頭の切れと、精力的な働きぶりは際立っており、イールは自分を差し置いて当主の位を狙うのではないかと警戒するようになったが、マシュウは政治にはまるで関心を示さず、ただ、ものに憑《つ》かれたかのように、帝国各地を巡り歩いていた。

当時、マシュウが香君を想っているなど、誰も想像もしていなかっただろう。マシュウは香君に対して冷ややかに見えるほど冷静に接し、周囲に恋情を悟らせることはなかった。

（あの災厄が起きなかったら……）

いまも、誰にも気づかれぬまま、ふたりは密かに関係を育《はぐく》んでいたのだろうか、と、時折思う。

ふたりが紡《つむ》いでいた防御の繭《まゆ》を破ってしまったのは、オリエだった。

あの頃は今よりも冬が長く、寒さが厳しい年が多かった。

山岳地帯では降雪も多く、山間の集落に至る道は冬の間は雪に閉ざされ、周囲から孤立することが稀ではなかった。

春の兆しが見え始めると雪崩《なだれ》が頻繁《ひんぱん》に起こり、雪を掻《か》いてようやく通した道をまた塞ぐ、ということもあった。

香使は帝国各地を巡り、様々な農事の節目となる季節の訪れの状況を富国ノ省に報告する役目を負っている。

それだけに、香使は各地の気候風土を熟知していて、危険を回避するすべも心得ている。それでも天候の急変や雪崩を完全に逃れえるというわけにはいかず、ごく稀にではあるが、命を落とす者も現れた。

マシュウを含む香使三名が、山越えの途中遭難した可能性がある、という知らせが届いたとき、ラーオは香君宮でオリエと共に昼食をとっていた。

頻繁に雪崩が起きていた状況など、過酷《かこく》な現場の報告を聞く間、オリエは身動きもせず、表情も変えなかった。ただ、その顔が紙のように白くなったことを、ラーオは今もはっきりと覚えている。

即座に探索隊が派遣されたが、現地に至る道のあちこちが雪崩に塞がれていて、その後の情報は、なかなかもたらされなかった。

遭難の知らせから数日経った夜、オリエは突然、高熱を発して倒れた。

オリエはほどなく回復したし、マシュウたちの無事が確認されたという知らせも届き、ラーオは胸を撫でおろしたのだが、やがて、ある噂が小波のように、香君宮の侍女たちの間に立ち始めた。

熱に浮かされていたとき、香君さまがマシュウの名を繰り返し呼んだ、という噂である。

当時、香君付きの香使を務めていた娘のミジマから、このような噂が香君宮の侍女の間に広がっていると聞かされたとき、ラーオは胃の腑が締めつけられるような恐怖を覚えた。

遭難の第一報を聞いて蒼白になったオリエの顔が目に浮かんだ。

高熱を発して倒れ、熱に浮かされて名を呼ぶ、というのは、やはり尋常な心配の仕方ではない。侍女たちが噂をするのも無理からぬ慕情を感じさせる。

どう動くべきか思い悩んでいたとき、帝都に帰還《きかん》したマシュウが、心配をかけたお詫びを申し上げる、という名目で旧カシュガ家にやってきた。

そして、ふたりきりになると、天候の話でもするかのような口調で、

「ところで、師は、香君さまの毒殺をお考えですか」

と、問うたのだった。

滑《なめ》らかな口調の裏に、なにかとても怖いもの――誤った答えをしたとたん、するりと刀を抜くのではないか、と思わせるもの――が潜んでいて、その瞬間ラーオは、マシュウもまた、オリエを深く想っていることを悟ったのだった。

「……毒殺せねばならぬ事実があるのか」

と、厳しい声で問うと、マシュウは低い声で答えた。

「恋慕の情の有無を問うておられるのなら、それは糺《ただ》す意味のない問いでしょう。事実でも、事実に基づかぬ噂でも、噂が立てば、香君さまは毒殺の危険に晒される。私がオリエさまを命の危機に晒していることは紛れもない事実です」

「それは、そうだが、しかし、万が一にでも子を孕んでいるようなら……」

マシュウは首をふった。

「それは、ございません」

異様に光る目で、マシュウはじっと、ラーオを見つめていた。

「しかし、我が兄上は、すでに証拠探しを始めています。なにか使えることがあれば、嬉々《きき》として皇帝陛下に私の処分を提案するでしょう」

そうか、と思った。確かにイールならば、これを天が与えた好機と思うだろう。

イールはマシュウを恐れている。香君を、というより、マシュウを排除できる絶好の機会として使おうと画策しても不思議ではない。

「私はカシュガ家を離れます」

マシュウは淡々とした口調で言った。

「今回は、兄が血眼《ちまなこ》で調べても、陛下を説得できるような証拠は見つからないでしょう。しかし、兄が攻めるべき箇所を見つけてしまった以上、今後、オリエさまと私は、今までとは比べ物にならぬ、陰湿な、猜疑《さいぎ》と監視の目に晒されます。——私はともかく、そんな、いっときも安らげぬ暮らしを、あの方にさせたくない」

かすかに語尾がかすれた。

決して肚《はら》の底を見せることがないマシュウの、その声のかすれを聞いたとたん、ラーオはつっと、胸の底を針で突かれたような心地になった。その一点から、哀しみが滲みでて胸に広がっていった。

オリエの、真っ白になった顔が目に浮かんだ。

十五と十七で出会い、ふたりが大切に育んできたものは、ふつうの男女であれば最も貴重な人生の宝でありえたはずの絆だ。

しかし、このふたりには決して許されない絆だった。

ラーオは目をつぶった。――いまは過去を悔《く》いている暇はない。先を考えて動くべきときだ。

ため息をつき、目を開けて、ラーオは言った。

「おまえの気持ちはわかるが、いまカシュガ家を離れれば、むしろ、事実があったと疑われるぞ」

マシュウの口元に笑みが浮かんだ。

「それゆえ、師の元に伺ったのです」

「……？」

「師が私を諭した、ということにしていただけませんか？

たとえ、噂が事実ではないとしても、それは問題ではない。噂が立ったこと自体が、香君さまを傷つける。私を、このまま香君と諸国を旅してまわる上級香使として置いていては、今後どういう噂が立つかわからない。カシュガ家直系の男子として、どう行動するのが最良か、己の身の振り方を考えよ、と諭した、と」

一気にそう言ってから、マシュウは付け加えた。

「ご当主さまには、私が、このことを、兄上との対立を回避する恰好の機会と見たようだ、と、伝えていただければ、助かります」

それはあまりにも周到《しゅうとう》な言葉で、それを聞いたときラーオは、マシュウがもう長いこと、こういうことが起きたとき、どう対処するか考えていたのだと感じた。

「カシュガ家を離れて、どうするのだ」

と、尋ねると、マシュウは力みもない声で答えた。

「五峰《ごほう》軍に入ります」

予期していなかった答えに、ラーオは、つかのま言葉を失った。

皇祖が五つの峰《みね》を越えて諸氏族を平定したことに由来する名をもつ五峰軍は、国境を守る精鋭軍だ。

皇帝と帝都を守護する近衛《このえ》軍と異なり、国防の最前線を担うこの軍の気風は荒々しく、政治の中枢を握っているカシュガ家に反感を持つ者も多い。

「近衛軍ならまだしも、なぜ、五峰軍に……」

「近衛軍は、カシュガ家に近過ぎます」

「しかし……」

ラーオは深い失望感に苛《さいな》まれながら、ため息をついた。

「残念だ。——おまえには新カシュガ家にいて欲しい」

その頃は、マシュウの強い進言で、ユギノ山荘で極秘の作業が始まっていて、ラーオも、その成功を望んでいたし、なにより、マシュウが新カシュガ家にいてくれれば、将来、多くのことを成し得るのではと期待していたからだ。

「おまえに、富国ノ省の中枢を担う者となって、いまの体制を変えて欲しいと、ずっと願い続けてきたのだが」

そう言うと、マシュウの目が、ふと、和らいだ。

「師が、そう思ってくださる方であることは、私にとっては大きな救いです。ありがとうございます」

そして、低いが、しっかりとした声でマシュウは言った。

「外に出るのは、内側にいては出来ぬことをするためです。今はまだ兆候すら見えずとも、やがて、危難《きなん》の時が訪れるはずです。そのとき人々を地獄に堕《お》とさずに済む道を、私は必ず見出します」

五峰軍での暮らしは生易《なまやさ》しいものではなかったはずだが、一年も経たぬうちにマシュウは千の兵を率いる千騎長となった。

しかし、目の前に開けていた軍幹部への道をあっさり捨てて、藩王国の内情を探る藩王国監視省の密偵組織〈根〉に入り、やがて、皇帝の厚い信頼を得て、視察官に任じられた。

その目まぐるしい変転の間にも、マシュウは度々ラーオの元を訪れ、災厄回避の道筋について説明をし続けた。

ラーオもまた、マシュウと共に考え、彼の計画を支え、歩んできた。

そして、マシュウはいま、新たな扉を開くかもしれぬ鍵をひとつ、見つけ出したのだ。

——師よ、本物の香君を見つけました。

マシュウから送られてきた、その文《ふみ》を読んだときに感じた驚愕《きょうがく》と不安が、いままた胸の底に広がっていくのを、ラーオは感じていた。

毛羽《けば》立《だ》ち、黄ばんだ『香君異伝』。その中の一節——オオヨマを見た皇祖が、青ざめてつぶやいたという言葉——が、あの日から度々心に浮かぶ。

——飢えの雲、天を覆い、地は枯れ果て、人の口に入るものなし

　ああ、香君よ、風に万象を読み、衆生を救い給え……

（……あの娘が、本物の香君であるとすれば）

天を覆い、人々を飢餓へと追いやるという〈飢えの雲〉もまた、現実に現れるのだろうか。

古い伝承としか思っていなかったオオヨマの卵の絵が脳裏《のうり》に浮かび、ラーオはため息をついた。

（備《そな》えねば）

兆候が現れていることは確かなのだ。いまは最悪のことを想定して、備えるべきだ。

（まずは、ラパのオオヨマへの対処だ）

イールの意向に賛同するふりをしつつ、他の地域への拡大を防ぐ措置を徹底《てってい》させねばならない。

ラーオはひとつため息をつき、ゆっくりと立ち上がった。

隠し部屋を出ると、眩《まばゆ》い昼の光に包まれた。

午睡から覚めたときに、まだ昼であることに驚く、あの感じに似た軽い驚きを覚えながら、ラーオは窓の外に広がる緑の森を眺めた。

いつもと変わらぬその風景を眺めながら、ラーオは口の中で、

「いつまでも、いまのまま、在ってくれ」

と、つぶやいた。

# 第三章　異郷から来た者

## 一、山荘の日々

山荘の方から、ライナおばさんが呼ぶ声が聞こえてきて、アイシャは山菜を摘む手を止めて、ふり返った。

「アイシャ！」

小柄なおばさんが、伸びあがるようにして両手をふりまわしている。何か手にもっているので、手旗信号でもしているかのようだった。

アイシャは思わず笑顔になった。

ライナおばさんは、いつもああして、両手をふりまわして人を呼ぶ。片手でよかろうに、と、タクおじさんが言っても、まったく気にしない。

山菜で一杯になった籠《かご》を持ち上げ、アイシャは小走りに山荘へ戻った。

「おお、いっぱい採れたわねえ！」

籠を覗《のぞ》きこんで、おばさんは笑った。

「すぐ洗ってきます」

と、言うと、おばさんは首をふった。

「それは私がやるから、オリエさんにこれを届けてちょうだいな」

アイシャは籠を下に置くと、前掛けで手を拭って、毛織の羽織ものを受け取った。

「逍遥《しょうよう》なさるのはいいけど、いっつも、羽織ものを忘れて行くのよねえ」

ここは山の中なので、〈リアの菜園〉などがある低地よりずっと寒い。夏のこの時季でも、朝夕は炉に火を入れ、昼間でもみな薄物の上に羽織ものを着て調整している。

「多分、雪オミの森あたりにおられると思うのだけどね」

アイシャは羽織ものを胸に抱いて、うなずいた。

「探してみます」

「頼むわね。あ、ついでに西の畑に寄って、うちの人に、オシャキの実を少し採って来るのを忘れないで、と伝えてくれる？　漬物の香りづけに使いたいって昨日頼んだのに、あの人、忘れて持ってきてくれなかったから、今日こそは絶対に忘れるなって言って」

「はい」

この山荘で暮らすようになってまだ半月ほどだが、アイシャは時折、もっと長くここで暮らしていたような錯覚を起こすことがあった。

この山荘で暮らしているタクおじさんやライナおばさん、彼らの息子たち、そして、しわくちゃのイライナおばあちゃんも、みな、なんというか、人と人を隔てる垣根が低いので、堅苦しい構えが必要ないのだ。

そして、オリエさん——ここでは、誰も、オリエさま、とは呼ばない。ごく自然にオリエさん、と呼んでいる——もまた気さくな方で、ここで一緒に寝起きするうちに、すっかり馴染んでしまい、いまはもうその目を見て話すことになんのためらいも感じなくなっていた。

オリエが、多分、香君さまであることを思い出すたびに、こんなに馴染んではいけないのではないかと不安になるが、そういうときは、この山荘に着いた最初の夜に、タクおじさんから言われたことを嚙みしめて、自分の心を落ち着かせていた。

——ここは、特別な場所だ。山荘の周囲の山と谷には、我らの許可を得ない限り、誰も

*

立ち入りを許されていない。だから、それぞれの身分も、事情も、ここにいる間だけは脇に置いて、忘れなさい。

――ここでは、草木や空、石や土、虫や鳥、獣たちが、我らの神であり、我らの師だ。彼らと我らには敬意はあっても隔たりはなく、ここで暮らす我々の間にも、敬意はあっても隔たりはない。

その言葉を、オリエは、にこにこしながら聞いていた。

その表情は〈リアの菜園〉から馬車に乗ったときの表情とは、まったく違っていた。オリエは、ここでは〈香君〉としての重荷を脇に置き、しばしの休息を得ているのだと、そのとき、アイシャはぼんやりと察したのだった。

人でありながら神でもある、というのがどういうことか、アイシャにはわからなかったけれど、人懐っこくて明るいオリエの人柄を知ると、あの薄暗く広大な宮殿で、人に崇められ、親しく口を利くこともできずに暮らすのは、おつらいだろうと思わずにはいられなかった。

オリエは相変わらず、自分が誰であるか話してはくれないし、山荘の人たちもそのことには触れようとしない。

それでも、アイシャはなんとなく、この山荘の人たちはみな、オリエが誰であるか知っているのではないかという気がしていた。

だからこそ、タクおじさんは、ここにいる間だけは、それぞれの身分も事情も脇に置いて忘れなさい、と言ったのではないか、と。

それはアイシャにとっても心安らぐことだった。

そうさせていただこう、とアイシャは思った。ここにいる間は、死を装って故郷から逃れ、弟たちと一緒に暮らすことができない己の不幸も、この先どうなるのか思い煩うことも、脇に置こう、と。


〈リアの菜園〉から山荘へ至る道は、かなり険しい山道だった。

オリエとアイシャを乗せてきた馬車は山道の途中の狩猟小屋で停まり、そこで待っていたタクおじさんにオリエとアイシャを引き渡すと、付き添って来ていた侍女を乗せて下山していった。

アイシャたちは、そこから、タクおじさんが連れて来ていた馬に乗って、山荘まで登って来たのだ。

侍女を乗せた馬車が視界から消えると、オリエは途端にくつろいだ表情になり、野育ちの少女のように馬に飛び乗って山道を登り始めたので、アイシャはびっくりしたのだが、タクおじさんは、我が子を慈《いつく》しむような目で、その後ろ姿を見ていた。

オリエは巧《たく》みに馬を操りながら、時折、美しい声で唄を口ずさんだ。

香君さまはリグダールのお生まれだそうだから、リグダールの唄なのかもしれない。何を歌っているのかわからなかったけれど、聞いているだけで心が弾む楽しい唄で、山荘が見え始める頃には、アイシャも小声でその唄を口ずさんでいた。

山荘に着くや、オリエは動きやすい服装に着替えて、アイシャに山荘とその周囲を見せてまわってくれた。そして、日が傾きはじめると、当たり前のようにライナおばさんを手伝って夕餉の支度を始めた。

おばさんと一緒に忙しく台所の中を行き来しながらも、オリエはアイシャに、いつも皆が使っている食器はどれか、アイシャが使っていい食器はどれか、など、細《こま》やかに教えてくれた。オリエから漂ってくる、ゆったりと明るい穏やかな香りは、初めての場所にいる緊張を柔らかくほぐし、忘れさせてくれた。

山荘は森の匂いがした。周囲の深い森の匂いが屋根にも壁にも沁み込んでいて、炉でパチパチと音を立てて燃えている薪の匂いと相俟《あいま》って、懐かしい故郷の家を思い出させた。

親しい匂いに包まれて、アイシャは、着いた日の夜から、ぐっすりと眠ることができたのだった。

山荘で暮らしているのは、立派な髭をはやしたタクおじさんと、その妻で、小柄だが仔馬のように元気なライナおばさん、ライナおばさんの母親だという、しわくちゃのイライナおばあちゃん、そして、背が高く逞《たくま》しい双子《ふたご》の息子たち、チタルとマダルだけだった。

山荘の暮らしはアイシャの故郷の暮らしと似ていた。数日に一度、決まった人たちが物資を運んで来る他は、周囲の山野と畑から得るもので成り立っているようで、家畜も飼っていたから、タクおじさんと双子の息子たちは朝から晩まで山野で働いている。

その上、彼らは夕餉を終えると、書き物をするとかで書斎にこもってしまうので、夕食と朝食の時しか顔を合わせることがなかった。

口数の少ない彼らとは、ほとんど話す機会はなかったけれど、みな、アイシャと目が合うと微笑んでくれた。

ライナおばさんは男らとは正反対に口が達者で、口に負けずに手足も動く。

夜が明ける前に起き出して、その日食べる米を、足踏みの米搗《こめつ》き杵《きね》で精米し始めるので、トン、トンと、杵が玄米を搗く音で家族が目覚めるのだった。

かつて暮らしていた大崩渓谷《トオウラ・イラ》のそばでは稲は作れなかったので、足踏み杵での精米作業を見るのは初めてだったから、その作業の過酷さに、アイシャは驚いた。

六十近いライナおばさんに夜明け前からこんな作業をさせて、その米を炊いてもらって食べる、というのが、なんだか申しわけない気がして、自分にやらせてもらえないか、と恐る恐る申し出ると、ライナおばさんは大喜びして、アイシャの肩を叩き、

「おやまあ！　ありがたいことを言ってくれるね、この子は！」

と、言った。

「でもね、その細い足じゃ、いきなり全部やったら、えらいことになるわよ。私も、この年で怠けると足腰が弱っちゃうから、まずは交替でやってみようかね」

おばさんの言葉は正しくて、米搗き杵は思っていたよりずっと重く、しばらく踏むうちに足や腰だけでなく、下腹や背中まで痛くなってきた。自分で言い出しておきながら、途中で音《ね》を上げるのは絶対に嫌だったので、汗まみれになりながら歯を食いしばって踏んでいたのだが、おばさんがやってきて、笑いながら、それ以上無理すると熱出すよと言って、替わってくれたときは、正直、眩暈がするほど、ほっとした。

熱は出さなかったものの、翌日は、足はもちろん身体じゅうが痛かった。

王族の血をひいていると言っても、アイシャは深窓で育てられたわけではない。故郷で暮らしていた頃、父はウチャイと共に交易の旅に出て、家を留守にすることが多かったので、幼い頃から母を手伝って日々の暮らしを支えていたし、父母が逝ってしまってからは家事のほとんどをこなしていた。それでも、〈幽谷ノ民《マキシ》〉たちが何くれとなく手伝ってくれていたので、いま思えば、随分と楽に暮らしていたのかもしれない。

この山荘では、やることは果てしなくあった。

精米を終えれば、米を炊くだけでなく、糠《ぬか》を水で溶いて家畜の餌にする。アイシャはおばさんに教わりながら、その作業も手伝うようになった。

〈リアの菜園〉からこの山荘へ派遣されるとき、ラーオ師からは、特段、何かの仕事をするようにとは言われていなかったし、ここに着いて、タクおじさんに、私は何をすれば良いのでしょうか、と尋ねても、

「ま、ぼちぼち」

としか答えてくれなくて戸惑っていたのだが、ある夜、オリエが、そっと、

「あなたをここに連れて来たのは心を休ませるためだから、ただ安らかに暮らしていればいいのよ。あなたが幸せなら、ここの人たちも安心するわ」

と、囁いてくれたので、そういうことだったのか、と驚いた。

特例で受け入れただけの娘に、そんな気遣いをしてくれることを不思議に思ったけれど、タクおじさんたちは、アイシャたちが来ても、ふたりに構うこともなく、普段の生活を淡々と続けているだけなので、アイシャもやがて、なんだかんだと考えていても仕方がない、と思うようになった。

夜明け前の精米から始まって、家畜の世話、掃除や洗濯、山菜摘み、料理と、おばさんの手伝いをしているだけで、あっという間に一日は過ぎていく。

そんな、特別なことはなにもない暮らしを、オリエもまた淡々と過ごしていた。

オリエが一番長く一緒に過ごしているのはイライナおばあちゃんかもしれない。とても小柄でしわくちゃのおばあちゃんだが、小さな目はいつもきらきら輝いている。娘のライナおばさんが元気なのは母親譲《ゆず》りらしく、八十を過ぎているらしいのに、坂道でも急な階段でも平気で登っていく。

このおばあちゃんの主な仕事は鳩《はと》の世話だった。

山荘に着いたときから鳩の匂いがすると気づいていたけれど、オリエに導かれて、山荘の屋根裏部屋に上って、驚いた。広い屋根裏部屋は鳩小屋になっていて、何十羽もの鳩が飼われていたのだ。

薄暗く、鳩の匂いと温もりがこもっている屋根裏部屋の中を、布で鼻と口を覆った小さなおばあさんが行ったり来たりしながら、こまめに糞やら羽根やらを手箒《てぼうき》で掃きとっていた。

屋根裏部屋には鳩小屋だけでなく、奥の一角には書棚のようなものや、大きな机もあり、火鉢《ひばち》や茶道具なども置かれていた。

羽ばたきの音をさせて、大きく開いている窓から鳩が入って来ると、おばあさんは手箒を置いて、クク、ククと喉を鳴らしながら巧みに鳩を両手でつかみ、その細い足についている小さな管をとってから、巣箱に入れてやっている。

「……伝書鳩なんですね」

と、小声でオリエに尋ねると、オリエが答えるまえに、おばあちゃんが顔を上げて、手招きした。

近づいていくと、おばあちゃんは、いま鳩の足からとった管から、小さな巻紙をとりだして見せてくれた。

びっしりと何か書かれているが、見たことのない文字で、まったく読めない。

「ウマール文字ではないのですね。どこの文字ですか？」

巻紙を返しながら尋ねると、おばあちゃんは、

「どこの文字でもない」

と、言って、にっと笑った。

オリエが近づいて来て、手を差し伸べると、おばあちゃんは巻紙をその手に載せた。

黙って読み始めたオリエの顔に、やがて、すっと赤みがさした。おばあちゃんはにこにこと、そんなオリエを眺めていた。

## 二、雪オミの木

オリエは森を散策するのが好きなようで、少し暇を見つけると、ひとりで、ふらっと森の中に入ってしまう。この辺りでは山賊などを心配する必要がないからなのだろうが、山には様々な危険がある。平然とひとりで森に入ってしまうオリエを見るたびに、やはり、この方は万象を知る香君さまなのだ、と思わずにはいられなかった。

この辺りの森は深いが、人が通れるところは限られているし、オリエが通ったときについた香りの跡《あと》を追うことは、アイシャには、さほど難しいことではなかった。

ライナおばさんが言った通り、雪オミが密生している辺りに向かう小道にオリエの香跡があったので、アイシャはそれを辿って森の奥へ向かった。

よく晴れた日で、山羊《やぎ》や牛が放牧されている山荘の周りの草地は白い明るさに満ちていたが、森に入ると、木々の樹冠が天蓋《てんがい》のように日の光を遮り、つかのま、目が眩《くら》んだ。

しかし、すぐに目は森の暗さに慣れ、ちらちらと葉を透かして射し込んでくる木漏れ陽に、小道が浮かび上がって見えた。

オリエは随分前にここを通ったらしく、匂いはもう薄れかけていたが、小道を奥へ奥へと進むうちに、香跡が次第にはっきりしてきて、やがて、雪オミが立ち並ぶ森に入る頃には、風に乗ってくる香りに、オリエの香りがくっきりと混じるようになった。

目を閉じると、瞼の裏にオリエの輪郭《りんかく》が見える程、香りが近くなってきたとき、木々の間に佇む、オリエの姿が見えた。

オリエは、一本の雪オミの木を見つめていた。

緑の葉を透かして降り注ぐ透明な光が、その姿を柔らかく浮かび上がらせている。

その顔に浮かんでいる、あどけないほどの安らぎが、アイシャの胸を刺した。

（オリエさまは、やはり、おつらいのだわ。——人に崇められる香君さまでいることが）

そんな思いが胸に広がり、声をかけることがためらわれて、アイシャは、羽織ものを胸に抱いたまま、オリエを見つめていた。

アイシャが風下にいるせいか、オリエは一向にアイシャに気づく様子もなく、ただ、じっと木を見つめていた。

やがて、オリエは深いため息をつき、ゆっくりと髪をかきあげながら、こちらを向いた。

「……あら」

目を見開いて、オリエが声をあげた。

「アイシャ？　いつからそこにいたの？」

アイシャは頭を下げた。

「申しわけございません」

オリエは、まじまじとこちらを見ていたが、やがて、ふっと笑った。

「申しわけないのは私の方だわ。羽織ものを持ってきてくれたのね」

足早に近づき、羽織ものを受け取ると、オリエはそれを羽織りながら、

「おばさん、お小言、言っていた？」

と、尋ねた。

「ちょっとだけ」

と、答えると、オリエは笑いながら手をのばして、アイシャの頬をちょん、と、つついた。

「ありがとね、持ってきてくれて」

頬が赤らむのを感じて、アイシャは慌てた。

「あの……」

照れ隠しに口を開いたものの、何を言おうとしたのか忘れてしまい、ぱっと頭に浮かんだことを口にした。

「何を見ておられたのですか？」

オリエはアイシャの肩を抱いた。

「来て」

オリエは、さっき立っていたところへアイシャを導き、目の前の木を指さした。

「この木、何か、他の木と違うと思う？」

それは、ごくふつうの雪オミの木だった。

さほど年を経てはいないのだろう、ほっそりとした木だった。樹皮が剝がれていると
ころがあるが、それ以外は、変わったところはないように見えた。

ただ、この木から漂ってくる香りは、少し他の木とは違った。

「……この木は病《や》んでいるのですか？」

そう言うと、オリエは、わずかに目を見開いた。

「どうしてそう思うの？」

「なんとなくですが、助けて、と、囁いているような気がして」

オリエはしばらく黙っていたが、やがて、うなずいた。

「そう。この木はつらい目にあったのよ」

辺りの木々を見ながら、オリエは言った。

「この辺りは、雪オミの木が他の森より密生して生えているでしょう？」

アイシャは辺りを見回して、うなずいた。

雪オミは樹皮に特徴がある。白い地衣《ちい》類が所々に貼りつき、淡く光っているので、遠
くから見ると、雪にまみれているように見えるのだ。

確かに、こうして見まわすと、この辺りはびっしりと雪オミの木が立ち並んでいる。

樹冠の間隔《かんかく》も狭くて、窮屈《きゅうくつ》に見える。

「タクおじさんは、以前、この森の木が密生しているのが気になって、少し木を間引いて、風通しを良くして、陽が良く当たるようにしようと思ったのですって。でも、忙しかったから、一か所やっただけで、この辺りは手をつけられなかったって言っていたわ」

手を伸ばして、目の前の木に触れながら、オリエは言った。

「雪オミは樹皮が剝げる病に罹《かか》ることがあって、この木は樹皮が剝げ始めていたから、ここを通るたびに、おじさんは、こいつはもうすぐ枯れるだろうなあ、この辺りも陽当りを良くしてやれてたら病に罹らずに済んだのだろうに、かわいそうなことをしたって、思っていたんですって。――でもね、おじさんは、そのうち、意外なことに気づいたの」

オリエは、少し離れた所を指さした。

「あそこを見て」

目をやると、そこには草地があった。陽が燦々と当たって明るいが、よく見ると、草地の周りの木々は太さが異なり、漂ってくる匂いも妙にバラバラな感じがする。

「あなたなら、きっとわかると思うけれど、どう？　あそこは健やかな森だと思う？」

アイシャは首をふった。

「ここの方が穏やかで、健やかな香りがします」

オリエはうなずいた。

「そう。おじさんも、驚いたそうよ。間引いてあげて、風通しが良くなって、陽当たりも良くなったところでは、ぐんぐん太くなる木もあったけれど、弱って、虫にたかられる木も現れたのですって。

むしろ、ここの方が、木々の質が揃っていて、森も健やかだった。——しかも」

そっと木肌を撫でながら、オリエは言った。

「この木は枯れなかった。樹皮が剝げて弱っているはずなのに、なぜか、この木は生き延びたのよ」

アイシャは、じっと、目の前の木を見つめた。その香りの声は、強い木のそれではない。弱々しく、周囲に助けを求めている。

ただ、よく嗅いでいると、別の香りも感じ始めた。この木と、傍に立つ雪オミの木々から発せられている、やわらかな香りだ。

弱った香りの声に応えて、いくつもの香りの声が複雑に絡まり合い、綾《あや》織られた布のように、そっと、この木を覆っている。

「周りのみんなが」

アイシャは、つぶやいた。

「助けているんだわ」

オリエは、わずかに目を見開いて、アイシャを見つめた。

何を思っているのか、しばらく、黙って、ただアイシャを見つめていたが、やがて、うなずいた。

「そう……あなたも、そう感じるのね。おじさんも、そう言っていたわ。雪オミの木は、他の木と根で繋がっていることがあるから、きっと、他の木が助けているんだろうって」

オリエの目に、ふいに涙が浮かんだ。

「不思議ね。――この世は無情で、動けぬ木は、樹皮が剝げれば立ち枯れていく。でも、こうして周りが手を差し伸べてくれて、守られることもある」

オリエは細い声で言った。

「ここに来るたびに、思うの。多くの他者が互いに手を差し伸べあっていることの意味を。弱い者を見放さず、手を差し伸べることが、何を守るのかを」

そして、陽当たりのよい草地に目をやった。

「お日さまの光を独り占めして立つ木は、幸福そうに見えても、周りと繋がりを断たれて、吹きさらしの中で、ひとり生きていかねばならない。本当は寂しいのかもしれないわね」

## 三、西の畑

オリエと別れた後、アイシャはおばさんに頼まれたことをタクおじさんに伝えるために、西の畑に向かった。

だいたいの場所は教えてもらっていたけれど、実際に西の畑に行くのは初めてだったので、無事に見つけられるか少し不安だったのだが、教えてもらった山道を歩くうちに、そよ風が灰と土の匂いを運んできて、この先に畑があることを教えてくれた。

焼き畑を作って、最初に蕎麦を蒔いたと聞いたとき、アイシャは、子どもの頃に、〈幽谷ノ民《マキシ》〉のおばさんから聞いた焼き畑の話を思い出した。

蕎麦の種は灰が温かいうちに蒔くのだと聞いて、灰の中で蕎麦の種は大丈夫なのかと不思議に思ったものだが、おばさんは、蕎麦の種も赤ん坊と一緒で、温《ぬく》い布団に寝かせてやれば、すくすく育つもんで、と笑った。

――お山は、わしらのおっかさま。草木を焼けば温い寝床になって、蕎麦やら豆やら粟《あわ》を育ててくれて、その後ぁ、ありがとさんですっちお礼さ言って何年か休んでもらえば、まぁた草木が、ぼうぼうと生えて立派な林に戻ってのう、キノコやら腹痛の薬草やらを育ててくれて、わしらを助けてくれるんで。そんで、充分お休みになった頃、まぁた焼いて、豆やら蕎麦やらの寝床になってもらって。そうやって、あたしらぁを養って育ててくれてるんでなぁ。

谷筋をすっぽりつつむ霧もなぁ、しっとり蕎麦の芽を濡らしてなぁ、ちいと温いもんで、頭を出したばっかの、ひょろい芽がぬくぬく育つもんで……

訥々《とつとつ》と語る、おばさんの声を思い出しながら歩いていると、やがて、森が途切れて、陽の当たる所に出た。

(……え、ここが畑?)

アイシャは瞬きして、立ち尽くした。──一面、様々な草が生えていて、どこが畑なのかわからなかったからだ。

遠くに、かがんで何かしているタクおじさんの姿が見えたが、双子たちの姿はなかった。どうやらここが西の畑で間違いないようだが、蕎麦だけでなく、随分様々な作物が植えられているようだった。

その香りの多様さに心惹かれて、アイシャは思わず、俯いて目をつぶった。

とたんに、目で見ているのとは違う世界が浮かび上がってきた。

様々な作物や、それについている虫たち、土の中の生き物たちが放つ香りが形作る世界の中で、蕎麦の香りが濃く感じられる所をよけながら、アイシャは、タクおじさんの方へ向かって歩き始めた。

あるところまで近づいたとき、おじさんがふり向いた気配を感じたので、アイシャは目を開けた。

おじさんが心配そうな顔でこちらを見ていた。

「アイシャ？　どうした、具合でも悪いか」

アイシャは微笑んで、顔の前で手をふった。

「いいえ、大丈夫です。お日さまの光で、ちょっと眩暈がしただけです」

おじさんは、ほっとしたように表情をゆるめ、

「ここは照り返しがきついからな」

と、言った。そして、ちらっとアイシャの背後を見て、

「ひとりで来たのかね？」

と、聞いた。

「はい。あの、おばさんが、今日はオシャキの実を忘れないで持って来てって」

おじさんは、ああ、と笑った。

「そうか、昨日もそんなことを言っとったな」

首にかけている手拭いをとって、汗まみれの顔を拭い、おじさんは、畑の縁に生えて

いる灌木《かんぼく》を指さした。

「あれがオシャキだ。悪いが、少し実をとって持って帰ってくれんか。おれは、また忘れるかもしれん」

「あの褐色の実ですか？」

「そうだ」

「漬物を作るそうですけど、少しで良いんですか？」

「香りづけに使うだけだ。一握りぐらいで充分だ」

うなずいて、おじさんが指さした木に向かって、アイシャは歩いていった。

てらてらと光る緑の葉の間に、褐色の実がびっしりとついている。確かに、すん、とする強い香りがした。

掌いっぱいに実を摘んで、前掛けの隠しに入れたとき、アイシャはふと、この木の根元には、まったく草が生えていないことに気づいた。

思わずかがんで、土に触れたとき、立っていたときとは違う匂いが鼻を刺し、アイシャは眉根を寄せた。

（……この木は）

カケスが縄張りを守るように、縄張りを主張している。

こうしてかがんで、地面に近づくと、聞こえてくる〈香りの声〉は、立っているときとは、また違った。

かがんだまま、畑の方に顔を向けて、アイシャは思わず、

「うわあ」

と、声を上げてしまった。

この畑は、なんとまあ、賑やかなのだろう。

故郷で暮らしていた頃、母が家のそばで作っていた野菜畑は、きれいに雑草を抜いて手入れをされていたせいか、草原や森に比べたら気が抜けてしまうくらい静かだったが、いま、目の前に広がっている畑は、子どもたちの群れのように騒がしい。

仲良く肩を寄せ合って遊んでいる子もいれば、自分の領分に入って来るな、と声高に叫んでいる子もいる――そんな大騒ぎを見ているようだった。

漂っている香りを嗅いでいると、その大騒ぎの中に、奇妙なものが見えてきた。

少し離れたところに植えられている草の周りだけ、土の匂いがまったく違うのだ。そこには他の草が生えておらず、ぽっかりと空き地のようになっていた。

この草が発している香りは、オシャキより強く、遥かに声高に辺りを威圧し、縄張りを主張している。

（あれ？　この匂い……）

他の草を圧しているこの草の匂いには、覚えがあった。

（これって、もしかして）

脳裏に、馬車の窓から見た広大な水田の光景がよみがえり、アイシャは首を傾げた。

（でも、あの水田ではもう実っていたけど、ここではまだ……）

そう思ったとき、アイシャがかがんでいるのに気づいたのだろう、タクおじさんが近づいてきた。

「どうした、また眩暈がしたか」

アイシャは慌てて立ち上がった。

「ごめんなさい。大丈夫です」

謝ってから、アイシャは、柔らかな香りを発している草を指さした。

「おじさん、これが、蕎麦ですよね？」

アイシャが指さしたところを見て、おじさんは眉をあげた。

「そうだ。よくわかったな」

やはりそうだった、と、思いながら、アイシャは、辺りを威圧する強い香りを発している草を指さした。

「あれと、あれ、あ、あっちのあれも……あれは、もしかしてオアレ稲ですか？」

途端に、タクおじさんの表情が変わった。

まじまじと見つめられて、アイシャは、はっとした。

余計なことを口にしたらしい、と気づいて、アイシャは臍《ほぞ》をかんだ。つい聞いてしまったけれど、タクおじさんたちにはオアレ稲と蕎麦の匂いの違いはわからないのかもしれない。

「穂も出ていないのに、よくあれがオアレ稲だとわかったな。君は農家の手伝いをしたことがあるのかね」

アイシャは首をふった。

「……いえ、ありません」

タクおじさんは、そうか、と、言ったきり、しばらく黙ってアイシャを見つめていたが、やがて、

「オシャキは採ったかね」

と、尋ねた。

「はい。これくらいでいいでしょうか」

と、前掛けの隠しを少し開いて見せると、タクおじさんは微笑んで、

「充分だ」

と、言った。

アイシャが頭を下げ、

「では、失礼します」

と、言うと、タクおじさんはうなずき、

「足元に気をつけて帰りなさい。山は早く日が陰るから」

と、言って、鍬《くわ》を握り直し、アイシャに背を向けた。

おじさんは、そのまま歩いて行きかけたが、ふと足をとめて、振り返った。

「そうだ。来る途中、オリエさんを見かけなかったかね。今朝、ここへ寄るかもしれない、と、言っていたんだが」

「あ、お目にかかりました。さっき、雪オミを見ておられました」

「ああ、そうか」

おじさんは微笑んだ。

「なら、そろそろここへ来る頃だな」

アイシャは首を傾げた。

「いえ、まだ、しばらくかかると思います。青《あお》ノ沢《さわ》のユカギの花がそろそろ見頃のはずだから、ちょっと見に行く、と、おっしゃっていましたから」

タクおじさんの顔が、さっと曇った。

「青ノ沢のユカギ?」

「はい」

険しい表情になって、おじさんはつぶやいた。

「しまったな、青ノ沢には行かんように伝えるのを、すっかり忘れていた」

「青ノ沢に、なにかあるんですか？」

おじさんは唸った。

「ここ数年、以前は低地にしかいなかった赤毒蛾《リチャガ》を青ノ沢で見かけるようになってるんだ。この時季だと花木に幼虫がたかっているかもしれん」

「赤毒蛾《リチャガ》って、危険なのですか？」

「成虫の鱗粉《りんぷん》に触れても真っ赤にかぶれるが、怖いのは幼虫だ。枝そっくりの色をしていて、気づかずに触れると全身が真っ赤に腫《は》れる。息が出来なくなって死ぬ場合もある」

アイシャは頭皮がこわばり、額が冷たくなるのを感じた。

「解毒する方法は？」

「オラギルの根を煎《せん》じた薬液が……」

と、言いかけて、おじさんは、アイシャを見おろし、

「トッサラは知っているかね」

と、尋ねた。

アイシャはびっくりして、目を見開いた。

「知っています。――おじさんは、カンタル語がわかるのですか？」

「草木の名前ぐらいだがな。ともかく、赤毒蛾《リチャガ》にやられたときは、トッサラの根を煎じ

た薬液が効くが、時間との勝負だ。早ければ早いほど効く。時間が経ってしまえば効かなくなる」

アイシャは心の中でつぶやいた。

（トッサラ……）

トッサラの根を煎じた薬液は、〈幽谷ノ民《マキシ》〉がよく使っていた。

（トッサラが効く毒蛾。幼虫の色は枝そっくり……）

心の中に、ふっと浮かんできたことを、アイシャは口にした。

「赤毒蛾《リチャガ》って、斑蛾《ムチャリ》に似ていますね」

タクおじさんは眉をあげた。

「お、そうだ。赤毒蛾《リチャガ》は、カンタルで斑蛾《ムチャリ》と呼ばれているものと同じ蛾だ」

途端に、アイシャは気持ちが楽になるのを感じた。

（なんだ、斑蛾《ムチャリ》なのね）

斑蛾《ムチャリ》には独特の匂いがある。幼虫にも嫌な匂いがある。オリエ——香君さま——なら、すぐに気づくはずだ。触れてしまうはずがない。

そう言おうと口を開きかけ、アイシャは危うく思いとどまった。蛾の匂いは、〈幽谷ノ民《マキシ》〉たちにはわからなかったことを思い出したからだ。

おじさんを安心させてあげたかったが、これもまた余計な一言だろう。

「アイシャ」

「はい」

「おれは青ノ沢に行ってみる。すまんが、君は急いで山荘に戻って、ライナに念のため薬液の準備をしておくよう言ってくれんか」

「はい。そのように伝えます」

アイシャは頭を下げ、畑を離れた。

薬液を作っても無駄《むだ》になるだろうが、仕方がない。

畑から森に入ると、さっきより暗く感じた。梢《こずえ》を照らしている陽の光は、いつの間にか赤みをおびている。

（おじさん、青ノ沢に行けば、オリエさまがご無事なのを知って、ほっとするだろうな）

そんなことが、ちらっと頭に浮かんだ。

（オリエさまが、あまりにも上手に、ふつうの人のように振る舞っておられるから、みんな、つい忘れちゃうのよね、オリエさまが香君さまだということを）

とくに急がずに歩いて来たので、山荘が見える頃には日が暮れかけていた。

夕暮れの風の中に、ふと、思いがけない香りを嗅いで、アイシャは驚いて足を止め、香りがした方へ顔を向けた。

薄暗い森の中に、奇妙な形の影が動いている。

それが、女を抱きかかえて歩いて来る男の姿であることに気づいて、アイシャは息を飲んだ。

（……マシュウさん⁉）

マシュウは腕にオリエを抱き、歯を食いしばって、ぐんぐんと歩いて来る。マシュウの肩に頭を預けているオリエの顔は、遠目にもわかるほど、ひどく腫れあがっていた。

〈2巻へつづく〉

単行本　香君　上　西から来た少女
二〇二二年三月　文藝春秋刊
イラスト　ｍｉａ

文春文庫

香《こう》君《くん》 1
西《にし》から来《き》た少女《しょうじょ》

定価はカバーに
表示してあります

2024年9月10日　第1刷

著　者　上橋《うえはし》菜《な》穂《ほ》子《こ》
発行者　大沼貴之
発行所　株式会社 文藝春秋

東京都千代田区紀尾井町 3-23　〒102-8008
TEL 03・3265・1211㈹
文藝春秋ホームページ　http://www.bunshun.co.jp

落丁、乱丁本は、お手数ですが小社製作部宛お送り下さい。送料小社負担でお取替致します。

印刷・TOPPANクロレ　製本・加藤製本　Printed in Japan
ISBN978-4-16-792269-6

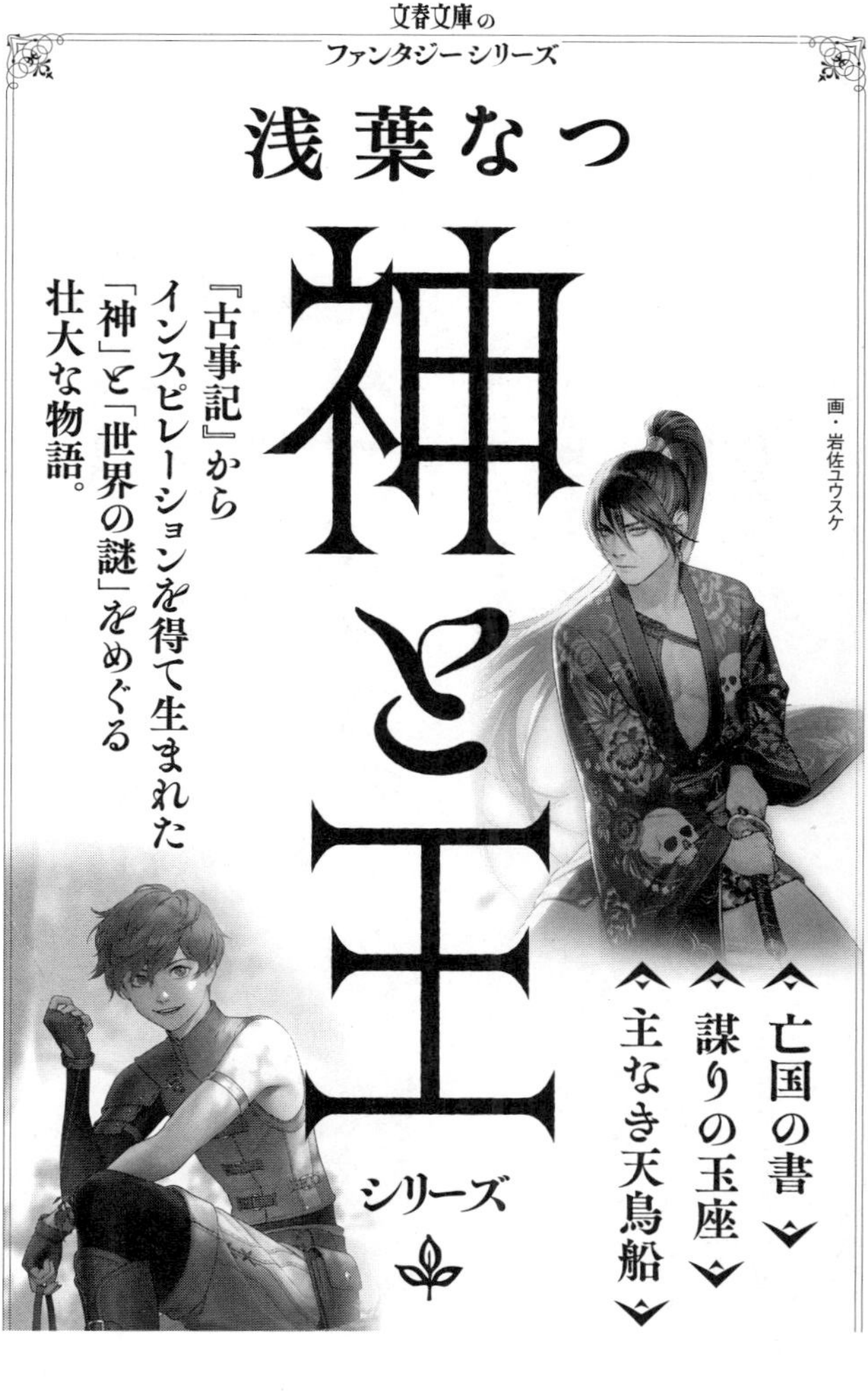
文春文庫の
ファンタジーシリーズ
浅葉なつ
神と王
シリーズ
『古事記』から
インスピレーションを得て生まれた
「神」と「世界の謎」をめぐる
壮大な物語。
画・岩佐ユウスケ
亡国の書
謀りの玉座
主なき天鳥船

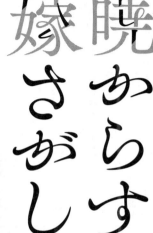

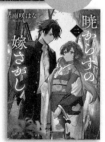

## 文春文庫　最新刊

**透明な螺旋**　東野圭吾
誰も知らなかった湯川《ガリレオ》の真実！　シリーズ最大の衝撃作

**香君　1・2**　西から来た少女　上橋菜穂子
植物や昆虫の世界を香りで感じる15歳の少女は帝都へ

**ペットショップ無惨**　池袋ウエストゲートパークXVIII　石田衣良
「かわいい」のすべてを金に換える悪徳業者…第18弾！

**ショートケーキ。**　坂木司
日常を特別にしてくれる、ショートケーキをめぐる物語

**絵草紙**　新・秋山久蔵御用控（二十）　藤井邦夫
正義の漢・久蔵の粋な人情裁きを描くシリーズ第20弾！

**孤剣の涯て**　木下昌輝
徳川家康を呪う正体不明の呪詛者を宮本武蔵が追うが…

**アキレウスの背中**　長浦京
警察庁特別チームと国際テロリストの壮絶な戦いを描く

**Phantom**　羽田圭介
未来を案じ株取引にのめり込む華美。現代人の葛藤を描く

**夏のカレー**　現代の短篇小説ベストコレクション2024　日本文藝家協会編
人気作家陣による'23年のベスト短篇をぎゅっと一冊に！

**エイレングラフ弁護士の事件簿**　ローレンス・ブロック　田村義進訳
E・クイーンも太鼓判。不敗の弁護士を描く名短篇集

**コロラド・キッド**　他2編　スティーヴン・キング　高山真由美・白石朗訳
海辺に出現した死体の謎。表題作ほか二編収録の中編集